中华民间经典故事会

佛跳墙

怡安 选编

民间故事

土特产传说

中国社会出版社

图书在版编目（CIP）数据

佛跳墙：土特产传说/怡安选编．—北京：中国社会出版社，2010.1
（中华民间经典故事会）
ISBN 978－7－5087－3047－9

Ⅰ.①佛… Ⅱ.①怡… Ⅲ.①民间故事—作品集—中国
Ⅳ.①I277.3

中国版本图书馆 CIP 数据核字（2010）第 000412 号

丛 书 名：中华民间经典故事会
出品策划：李春园
书　　名：佛跳墙：土特产传说
选　　编：怡　安
绘　　图：王无骄
责任编辑：李春园

出版发行：中国社会出版社　　　邮政编码：100032
通联方法：北京市西城区二龙路甲 33 号新龙大厦
电　话：(010)66080300　(010)66085300
邮购部：(010)66060275
电　传：(010)66051713
编辑室：(010)66060097
网　　址：www.shcbs.com.cn
经　　销：全国各地新华书店

印刷装订：北京华创印务有限公司
开　　本：150mm×225mm　1/16
印　　张：11.25
字　　数：106 千字
版　　次：2012 年 3 月第 2 版
印　　次：2013 年12月第 3 次印刷

定　　价：19.00 元

编者的话

过去时兴“讲古”，劳动的间歇、热闹的市集、“猫冬”的时候……在人们聚会的所有场合，都会说笑话、讲故事。千万不要小看这些在炕头、在村口讲述的故事，什么是好、什么是坏、什么是美、什么是丑、谁是好人、谁是恶人，说得一清二楚，以一种使人愉悦的形式对人们进行着道德教育，潜移默化中构建起大众共同的价值体系。

这些故事是民间知识读本。它告诉你，我们的先人是怎么理解宇宙的构造、人类的起源、万物生成的来历、人和人之间的相互关系。同时也把民间历史知识如数家珍地演述出来。这种叙说，虽然没有历史学家所表述得那么公允，但是却更明晰地体现了民众最朴实的评价。为人民做了好事的，就应该受到褒奖和称赞；为非作歹、迫害人民的，就应该受到讽刺和鞭挞。这些故事也许并非是真实发生的，但却在某种程度上反映了更高层次的“真实”。

这些故事是调剂我们先辈艰难枯燥生活的精神食粮。在衣食无着、艰难困苦的劳动生活中，故事成为让他们的心灵得到慰藉和愉悦的最佳方式。听故事、讲故事，在笑声中获得一种胜利者的满足。故事的好处是说不尽的。我们哪一个人不是在故事的陪伴下成长起来的呢？这里所说的故事，是广义的概念，包括神话、传说、狭义的故事、笑话等在内的所有口耳相传的散文类民间叙事作品。

神话是庄严的、远古的神圣叙事，涉及宇宙起源、人类诞生、大自然的形成和变化，人类的一切发明和创造，万物的起源以及鬼神世界等，把人们带到了悠远而又神秘的亘古时期。

我们周围的山山水水、动物植物，一位位历史人物、一桩桩历史事件……所有的一切无不被民众以传说的方式演绎成脍炙人口的艺术作品，当做“可信的史实”口耳相传，汇成浩瀚的传说海洋。

故事是最为民众喜闻乐见的民间叙事体裁。这类作品里充满着幻想与虚构，任凭你张开想象的翅膀，让思绪恣意驰骋，神奇的宝物、万能的神仙……使勤劳善良但却被侮辱、被损害的主人公们都能终得善果、天从人愿。

即使是以现实生活为题材的讽刺性故事，也多以虚构为主要叙事手法。十二生肖排座次的故事里，老鼠和牛比大小争第一。老鼠想出一个巧主意，要骑在牛背上逛街。满街的人都喊“好大的老鼠”，却没有一个人理会已经司空见惯的牛。于是老鼠自然就在十二生肖里排了个第一。这样的故事虽然没有神奇的幻想，却以巧妙的虚构贯穿始终，更加生动隽永，意趣盎然。

故事流传的历史，就是一部民众世代延续的生活史，凝聚着先人的心血和才智，是我们中华民族智慧的结晶。那么到了今天，这些故事还有意义吗？科技的飞速发展让幻想不再有神奇的意蕴，在这样的环境中，故事还有存在的空间吗？还能继续发挥它曾经有过的作用吗？

一位伟大的思想家说过，想象具有永久的魅力，是不可企及的艺术高峰。开天辟地的盘古、填海的精卫、挖山不止的愚公、补天的女娲……这些主人公的精神不是仍然在鼓舞着今天的我们吗？牛郎织女的传说、嫦娥奔月的传说、梁祝的传说……这些瑰丽多姿的传说故事，化作世代传袭的文化血液流淌在每一个中国人的身体里。就如同中秋的圆月，早已成为凝结着民族情感的文化符号。今天，这些文化遗产在带给我们灵感和力量的同时，让我们更充实、更奋进，更乐观向上、更有幸福感。

民政部、中央文明办、文化部、新闻出版总署、国家广电总局、中国作协六部委主办的“万家社区图书室援建和万家社区读书活动”是惠及亿万城乡读者的民心工程，现在贡献给各位读者的《中华民间经典故事会》正是其中的一个具体项目，希望我们优秀的民间文化通过图书援建和读书活动得到传承和弘扬。这些故事都是搜集于二十世纪七八十年代的口传作品，很少经过文人的润改和再创造，最能体现在民间流传的原汁原味。在此要特别感谢所有的讲述者和记录者，他们的无私奉献使凝聚着民族智慧的优秀民间故事得到很好的保护和传承。希望这套丛书不仅能够为亲爱的读者提供欣赏的愉悦，也能够借此提升我们大家对祖国文化遗产的关爱。

目录

目录

增城挂绿

增城县城西有个地方叫挂绿园，园里有一棵奇特的荔枝树，它就是驰名中外的挂绿荔枝。它结出的荔果，不但果肉雪白，爽脆香甜，而且果形也十分有趣：一边像龙头突起，一边似凤尾低垂，果身中间还有一条绿线痕，直透

到底。所以，人们称它为“挂绿”。

相传，明代著名学者湛若水是增城新塘人，曾担任南京三部尚书。有一次，他在福建枫亭讲学时，主人请他品尝荔枝，送上了几串。湛尚书吃了几颗，觉得香甜爽口，便把果核放在袖筒里，带了回来。他先是种在家乡的四望岗，荔枝长大结果，人称“尚书怀”。后来，县城西园建了个庵堂，有人把几棵荔枝移到西园庵前栽种，荔枝也结果了，可惜都是酸的。

有一年，从远方来了个年轻尼姑，住在西园庵里，每天帮庵堂做饭。有人向她提起荔枝不甜的事，尼姑笑笑，问要哪一棵变甜？人们指着庵前这一棵。尼姑点头说：“容易。”自此，只见她每次都把洗米水倒在庵前的那棵荔枝树头上。一年后，尼姑走了。这棵浇了洗米水的荔枝树，结出的果子便又爽又甜了。

西园庵荔枝由酸变甜的奇闻传入京城，皇帝便传旨，要年年上京进贡。可惜荔果从这里送到京城有几万里，送到时已腐烂了。皇帝命令沿途官府派出百骑飞马送去。这样，一年又一年，不知跑死了多少马匹、累坏了多少人。有一年，县城附近的槎岗村有个青年被征作快马骑手，妻子送走丈夫后终日去西园庵为丈夫祈祷，盼望神明保佑。谁知不久，就传来丈夫死在路上的噩耗。妻子十分伤心，抱住荔枝树痛哭了三天三夜。她的眼泪哭干了，便解下自己的绿腰带挂在树杈上吊。忽然一阵大风，吹断了树杈，年轻的妇人掉在地上，正觉得惊奇时，只见西园庵里又走出一个尼姑，双手把那妇人扶起来，并劝慰她回家去。那妇人正想答谢恩人时，这尼姑已不见了。

第二年，荔枝又结果了，肉质似水晶，浆液不见流出，用玉扣纸包着果肉，三天三夜也不会弄湿，快马送上京城也就不腐烂了。人们说，是那妇人的爱夫之心感动了上天，终得了好果。但奇怪的是，曾两次神秘来去的年轻尼姑却不知为何方神圣。后来，才知道她就是八仙中的何仙姑呢！

原来，增城县是何仙姑的家乡。仙姑成仙后，时常思念家乡，救苦救难，众仙知道何仙姑在自己家乡变出了这种好荔枝，便在荔熟时节相约一起到西园观赏：大家看到果树茂盛，荔果香甜好吃，不禁点头称赞。不过果形平常无奇，众仙又问仙姑，何不变它个珍奇异果呢！仙姑笑了笑，顺手拿出绣花针，穿起彩线，向荔树抛去。一会儿，荔果的形状便出现龙头凤尾的特形了。何仙姑收回针线时，有一段绿线还缠在树杈上。后来，荔果就带有一条绿痕了。

荔枝一年比一年晶莹透亮，人们就给它起了个名字叫"挂绿"。后来，皇帝把"挂绿"送给外国的传教士和僧侣们吃，他们尝过后都称赞这挂绿荔枝是天下第一。因此，挂绿荔枝也就世界闻名了！

再说，被何仙姑救了的那位妇女，后来嫁接了一株荔枝苗种在家乡槎岗。这就是第一代挂绿荔枝树，一直留传至今。数百年来，挂绿母树虽已经很老了，如今还长出新枝，又结出佳果，真是神奇。全县接种的挂绿荔枝代代相传，如今满布增江两岸。

因为挂绿荔枝出了名，县城已改名为荔城镇，挂绿树前面的那条新马路也起名为“挂绿路”了。

讲述者：吴章勋
采录时间：1986 年
采录地点：增城县

附　记

荔枝为岭南佳果，“增城挂绿”为最佳。此树植于增城县城西园，树龄400 多年，其果肉清甜爽脆，洁白晶莹，历史上曾为皇帝贡品。《广东新语》载：“挂绿者，红中有绿，或在于肩，或在于腹。绿十之四，红十之六。生祇十百株，易地即变。”

挂绿荔的子孙

挂绿，是荔枝的祖先。在仙山上，不但大受皇妃的喜欢，而且深得果仙皇的宠爱，决定封为岭南果王，让他下凡，生儿育女，造福人间。临行前，果仙皇召见挂绿，嘱咐他在三十日内，让繁衍的子孙到仙山朝拜。

挂绿受命离开仙山，来到岭南，看到这里山清水秀，到处是即使扁担落地都会发芽的沃土，于是满心欢喜，决定在五羊城外的山区增城县扎根，安家落户。

仙山一日，世上一年。转眼间，挂绿生下三男三女。待儿女长大后，一日挂绿设了家宴，对儿女们说："果仙皇皇恩浩荡，封我岭南疆土，是望我繁衍后代，造福人间。今日你们都已长大，我就打发你们到各地去，发挥你们的才能，希望在十五年内，你们各自拿出丰硕成果来，报答皇恩。"

于是，挂绿的六个儿女，简单地收拾了行装，拜别了父王，各怀雄心壮志，寻找自己生根、开花、结果的地方去了。

大姐沿珠江南下，来到新会的麻园，依仗那里黑豆沙般肥沃的土地、清甜可口的白水带石泉，起早摸黑，辛勤劳动。十四年过去了，她已长得枝繁叶茂。到了第十五年的三月，她带着红艳艳的果实，争先到仙山朝拜。她的果汁，甜中带酸，食来令人胃口大开。果仙皇一尝，喜不自胜，赐给她一个美名，叫"三月红"。人们俗称"麻园早果"。

本来就争强好胜的大哥，翻山越岭，长途跋涉，一到新会熊子塔下，就被眼前的秀丽风光吸引住了。尽管河堤、围基、坡地、村前村后已是绿葵遍野，但仍见缝插针，寸土必争，要与绿葵比个高低，日夜奋斗，迎来了第十五个春天。南国春早，雨量充沛，他便张开枝叶，争阳夺露，吐芽扬花，打算早日结果，好去仙山领个头功。他哪里知道，他刚花谢成果时，大姐已捷足先登朝拜去了。待到五月，他的果壳还是一边红，一边青。好在果肉已长丰满，糖分也已上足，便迫不及待地日夜兼程，提前向仙皇报喜了。皇妃们见他的果皮红绿相间，煞是好看，食来肉脆汁多，个个笑口吟吟，因而得了个“妃子笑”的美誉。

在银洲湖畔落户的二姐，爱恋明媚春光，招引蜂蝶采蜜，脚踏实地，埋头苦干，又能省吃俭用，将积蓄的营养物质用在结果长肉上，缩小果核，使果肉丰满甜脆，抓在手里，好像一团糯米糍似的，软绵绵而又富有弹性。剥开果壳，蜜汁如珠，引人贪婪而食，透心润肺，很得果仙皇的称赞，赐予她恰到好处的称号——“糯米糍”。

二哥生性灵利，做事善用心眼，走一步看两步，深谋远虑。十五年来，他生活在潭江两岸，一年四季玉桂开花时，就博采桂花香粉储藏起来，到自己开花结果时全部注入果肉。果虽不多，味道却别具一格，带有一股浓郁的桂花香味。六月间来到仙山朝拜时，皇妃剥壳而食，桂花香飘仙山，无不拍手叫奇，果仙皇尝来也称赞不已。因而，荣获“桂味”雅号。

三妹性情好动，爱热闹，到新会棠下、潮莲、荷塘一带安家之后，醉心于繁育后代，为人类播香送甜。十五年间，她不惜牺牲自己，博采百花蜜汁，养育儿女茁壮成长。儿女们也不负母亲的钟爱，移植到哪里就在哪里生根、开花、结果。结出的果子各有特色，且多得一串串、一簇簇，压弯了腰杆也不叫苦。果仙皇见三妹独出心裁，出奇制胜，除赐予她“槐枝”的尊称之外，还根据她儿女特征一一起了恰到好处的名字：有的叫“黑叶”，有的叫“香荔”，有的称“状元红”，有的称“罗裙当”，以及“红皮”、“西角子”，等等。

唯有三弟游离飘忽，一味图长，总想比哥哥姐姐长得更加高大。对于父王叮嘱向果仙皇朝拜的事，早就忘得一干二净。到了七月，哥哥姐姐都带上丰硕果实上仙山报喜去了，他才猛然惊醒，急急忙忙长出果子来。结的果子又细又少，把果核撑得胀卜卜的，果肉却薄得包不住果核，滥竽充数，一阵大风吹过，果子就撒了一地，路过的水牛都差点被他砸死。他一直忙到七月底才到仙山去，果仙皇对他极为不满。斥责一顿，给了他“砸死牛”、“生鬼猪”的诨号。三弟哭丧着脸来见父王，挂绿气得将他充军到山坡瘦土去改造。后来，人们见他尚能努力改过自新，才给他一个正名，叫“生枝”。

果仙皇见挂绿不负恩赐，儿孙满堂，为人类作出大贡献，很高兴，为了表彰他的功绩，特意叫皇妃们精心制作了一顶冠冕，加赐予挂绿。

讲述者：李长贵　男　50岁　新会县荷塘镇篁湾村农民　小学
采录者：文　军　男　50岁　新会县文化馆干部　大学
采录时间：1987年
采录地点：新会县荷塘镇篁湾村

三 月 红

“三月红”是一种早熟荔枝的名称。本来，荔枝都在五六月间成熟，故有“蝉鸣荔熟”之说。而江门麻园所出产的荔枝，在三月间便已成熟，而且果大色鲜、肉厚味甜，人们将江门的“三月红”亦称为“麻园早果”。

记不清是哪个年代了，那时麻园还只是一个村。有一年，又是蝉鸣荔熟之际，绿叶丛中挂满密密麻麻的红荔。在五月十五晚上，突然刮起一阵狂风，走石飞沙，猪嚎犬吠，人们不知道发生了什么灾祸，吓得躲在屋里不敢朝外看，只听得外面唧唧喳喳的一片响声，闹了将近两个时辰。第二天一早，人们开门一看，所有树上又大又红的荔枝不见了，只剩下些青的、小的荔枝，地上满是果壳、果核和黄沙。

大家觉得很奇怪，因为从来没有遭受过这种摧残。为了解开这个谜，便来找锦波先生。锦波先生四十多岁了，是个落第秀才，很有学识，为人正直，也热心助人，人们每有不能解决的事情都来找他。

锦波先生听了大家讲的情况，对此事分析说："可能是别处山林出了事，如火灾、地震，或遭到人们的围猎，一群吃果子的飞禽走兽受到了惊吓，逃来这里。各位回去准备好锣鼓鞭炮，等今晚入夜之后，一齐敲锣打鼓，燃放鞭炮，看看能不能把它们吓走。"大家听了，觉得有道理，就回去分头准备。

到了晚上，人们依计行事：锣鼓声、鞭炮声此落彼起，果然一夜无事。人们觉得这办法很灵验，都来向锦波先生道谢。

第二年荔枝又开花了，人们又喜又忧：喜的是花多果就多，忧的是怕又遇到上年同样的遭遇，只有把希望寄托在锦波先生的办法上。

麻园村里有个五十多岁的区伯，他有一个女儿名绿翘。绿翘姑娘二十多岁了，生得眉清目秀，心地善良，能耕能织，性情温顺。只因为侍奉老父，还未出嫁。

一天下午，一个衣衫褴褛的白发老婆婆拄着拐杖前来乞食。绿翘给了她一把米和一文钱说："婆婆，如果在往年，我可以多给你一碗饭几个钱的。只因现在稻谷失收，荔枝被盗，无力再给你了。"老婆婆说："给多给少都好，这表明你有善心。你家有困难，这些东西我也不要了。我见你心地好，是来告诉你荔枝失窃的秘密：离这里几十里有座古兜山，那里有一个千年古猿，它手下有一群猴子，它们糟蹋庄稼，骚扰居民。老猿身边带有一个倒不尽的沙袋，如果有人冒犯了这些畜生，老猿便把黄沙撒下伤害人畜，使土地贫瘠。今年五月十五是老猿千年寿辰，它要摆'荔枝宴'，还要再来攫取荔枝，锣鼓鞭炮是对付不了它们的。去年它们没有再来，只不过是不要那些剩下的青小果子罢了。要保住荔枝，只能这样办了：明天是三月三，子时三更，群仙在圭峰山玉台集会，你到那里取些龙潭水回来，到时我再告诉你使用办法。"于是，从破篮中取出盛米的瓦钵，继续说："这些米和菜你拿回去，把米给大雄鸡吃，菜给老牛吃，到时有用处。好姑娘，谨记我的话，为乡里造福。"说完，提起竹篮，一步一步地走了。

绿翘按照老婆婆的吩咐，把米给鸡吃了，菜给牛吃了，也不见它们有什么异样。

亥时将过，绿翘忽然听到鸡啼牛叫，开门出来一看，看见雄鸡的羽毛比以前变得更漂亮，老牛也壮实了。雄鸡啄住她的衣服，拖到老牛身边。姑娘明白，它们要送自己去取龙潭水哩。她顺手拿起父亲的酒葫芦，骑在牛背上，那牛四蹄一跃，缓缓升起，雄鸡也忽前忽后地飞着，向圭峰山方向飞去。不一会儿，老牛就降落在山上一个大水潭旁边。她想："这就是龙潭吧！"于是下了牛背，正要到龙潭汲水，只见老婆婆已站在面前，微笑着对绿翘说："来了么？拿葫芦来我给你装水。"老婆婆接过葫芦丢进潭里，眼看那葫芦打个旋涡沉到水中去了。突然一道金光从潭中飞出，葫芦回到老婆婆手中，她把葫芦交给了绿翘说："你回去倒些龙潭水跟清水调匀，浇你家的荔枝树，就会提前开花结果，老猿来到之前，荔枝已成熟了。留下一些龙潭水到五月十四晚再兑些清水备用，待那班畜生来时，用柳枝蘸水向空中洒去，老猿撒下的黄沙就会变成沃土了。你要记住，人最怕有私心，一人好不如众人好啊！你回去吧！"说完，老婆婆就不见了。

绿翘骑上牛背，腾空而起，雄鸡也跟着飞翔。不一会儿，老牛降落在村西的山涧边。耳边听得流水潺潺，她记起老婆婆"人最怕有私心，一人好不如众人好"的话，心想：不如把龙潭水倒在这里，让它和山水一起流到全村去，使每一棵荔枝都能提早结果，就不怕老猿偷采了。于是，拔去葫芦塞，将半壶水倒落山涧中，眼见着龙潭水和山水汇合，一直向前奔流，然后返回家中。将近五更了，她的父亲还不知道女儿夜里做了这些事呢。

三月初三早上，绿翘请锦波先生告诉村人，在附近的涌堑壕沟里取水浇灌荔枝树，要一连三天。村民都照办了，说也奇怪，过了两天，荔枝便开花结果。到了月底，枝头挂满了绿中透红的荔枝，又是一个丰收年。从此，麻园荔枝每年都于三月间成熟，这就是“麻园早果”的由来。

到了五月十四晚，当夜明月当空，三更时分，起了一阵狂风，人们知道老猿来了，由于事前得了绿翘和锦波先生的授意，各人都有了应对的准备，并不怎么害怕。

老猿和一群猴子飞到荔枝丛中，荔枝已早于两月前成熟时全部摘去，它们这时见不到荔枝，正在猜疑，突然金鼓齐鸣，鞭炮乱响，群猴吓得吱吱乱叫。村民举起武器，见猴就打，有的猴子被打死了，有的被打伤了，有些攀上树顶不敢动弹，有些一哄而散。老猿看见群猴星散，于是重施故技，跳上空中，打开沙袋撒沙子，人们急忙用柳枝蘸龙潭水洒去，沙子顿时无影无踪，老猿法宝失灵了。

老猿见法宝失灵，于是落下地来，拔起一棵大荔枝树，向人们横扫。人们的刀叉棍棒这时顶不住了，正在危急的时候，绿翘拿着缨枪，带着老牛和雄鸡来了。只见老牛低头奋力向老猿冲去，老猿跃起，老牛扑了空，收不住脚，撞在树上受了重伤。雄鸡见了，双翼一张，飞起来啄紧老猿的眼睛不放。老猿只顾打人，没有提防这一着，痛得哇哇大叫，伸手执住雄鸡，把它摔在地上。

东方发白了，老猿筋疲力尽，眼睛又痛，知道人们齐心对付它，实在难以招架，于是就向东北方飞逃。绿翘看见，把空葫芦向后一抛，招众人一齐追赶。老牛、雄鸡虽然负了伤，也随后跟着。看着老猿飞向空中走远了，绿翘立即取出衣袋里老婆婆给她的那枚铜钱向老猿掷去，霎时一道金光从她手中飞出，直射老猿。打中了，只见老猿翻个筋斗，落荒而逃，越去越远，终于不见了。绿翘率领村民，继续向前追去找寻。

后来，人们发现数里外的江心露出一个从来没有见过的小岛，大家说是老猿变的，那就是现在北街的“古猿洲”。

当猴群逃走的时候，被老牛和雄鸡发现了，就一齐去追赶，哪里赶得上呢？只好折回来，伏在村北边休息。由于它们都负了伤，头渐渐垂下来，分别化成一座牛山和一座鸡山。绿翘抛出的那个葫芦，飞到村西去，化作一座葫芦山。那枚金光闪闪的铜钱呢，变作一座矮矮的山冈落在村的中心，人们叫它钱山。从此，人们于五月十五聚集于钱山顶上，敲锣打鼓，燃放鞭炮，演练棍棒武器，以庆祝荔枝丰收。

采录者：陈焕生　男　50岁　江门市城区文化馆干部　大专
采录时间：1987年5月
采录地点：江门市

仙鹅与大坳荔枝

相传刘仙姑当年骑着两只仙鹅下凡时，那只母鹅在流溪河中生下一只蛋。不久，小仙鹅出世了，见自己的父母已经变作流溪两岸的田地，小仙鹅依恋父母，也不愿飞回

天上。于是，就在河边的沙窝伏下，变成了一片“海塱”[1]和山地。

这片山地泥土肥沃，草木茂盛。很快，就有姓钟、姓冯和姓邓的几户人家来到这里开垦荒地，安家落户。其中邓氏人家最勤劳，开垦出的田地最多，慢慢就成了大坳村中的大户。

邓家有两兄弟，大哥叫阿禄，弟弟叫阿朝。阿禄好吃懒做，一年四季的犁耕种收都叫弟弟去做。阿朝终于累死了，留下阿朝嫂和三个儿子。阿禄不但没有照料弟妇和侄儿，反而恃大欺小，提出要分家。自己要了岗上几百亩肥地，把河边的瘦地和海塱分给阿朝嫂和她的三个儿子。

从此之后，阿禄就守着那几百亩好地坐吃山空，慢慢把家业也吃光卖尽了，日子越来越不好过。

有一天，阿禄请来一位风水先生，要他给自家点一处风水宝地。但阿禄一来家空物净，二来又生性“孤寒”，没有好好地款待这位风水先生。这风水先生也是个小气鬼，就随手指使人在村边挖了一口塘。谁知这个地方正好是“仙鹅嗉窝”[2]，挖穿了“仙鹅嗉窝”，塘里便终日流出红红的“血水”，小仙鹅就这样流血不止，奄奄一息，大坳村的田地也因此越来越瘦，阿禄的子子孙孙也就越来越穷了。

相反，阿朝嫂是个勤劳的人。分家之后，她带着三个

---

① 海塱：杂草丛生的低洼地。
② 嗉窝：即嗉囊，鸟类喉咙下装食物的地方。

儿子，天天起早摸黑，在河边的田里耕作，倒也丰衣足食。哪知有一年，流溪河水大涨，把她家的禾田全部冲毁了，只剩下一河滩的鹅卵石。阿朝嫂伤心至极，趴在河边哭得昏死过去。昏迷中，她朦朦胧胧地看见一个漂亮姑娘站在面前，告诉她只要把这河滩上的鹅卵石拾回去就不用愁了。姑娘讲完就不见了，阿朝嫂醒来，半信半疑。但还是按姑娘说的话去做，把河滩上的鹅卵石全部捡回家。到第二天一早，那些鹅卵石竟变成了荔枝核，阿朝嫂又惊又喜，马上把这些荔枝核种满了整个海塱。塱上不久就长出了一棵棵的荔枝树，阿朝嫂带着三个儿子，天天去浇水、培土、施肥，荔枝树一天天长大，棵棵长得如伞如盖，一条几里长的海塱变成了一片百多亩的大荔枝园，棵棵树结满了果实。到了夏天，荔枝成熟了，火红火红的，映得流溪河水都红透了。每年这个时节，四乡八镇来大坳尝荔枝的、买荔枝的车水马龙，连官家富户也派人前来购买。阿朝嫂靠种这些荔枝树，再也不愁吃不愁穿了。

大坳的子孙后代，都勤勤恳恳，精心培植着这荔枝园，一代一代，直到如今。

讲述者：邓　坚　男　77岁　从化县神岗镇大坳乡农民　初中
采录者：利学涛　男　40岁　从化县神岗镇文化干部　高中
　　　　宋健慧　女　34岁　从化县文联干部　大专
采录时间：1987年12月
采录地点：从化县神岗镇大坳乡

新兴香荔

相传唐朝年间，六祖惠能在湖北东禅寺，由五祖弘忍大师传以衣钵。经五祖指点，惠能取道南回，一路辗转，返回广东，并回到故居新兴县。

在新兴县，六祖潜心佛门，一心想设坛讲经，普度众生，便立志建一所寺院，讲佛传经。从此以后，六祖省吃俭用，几年下来，倒也积存了几百两白银。但要建一座寺院，不是那么容易的，非要一万几千两白银不可。为了这件事，惠能日也想夜也想。有一晚，他定定地望着五祖传给他的衣钵发呆。因为还没有寺院让他设坛讲经，他心里很烦闷，望着望着，在朦朦胧胧之中，只见观音菩萨飘然来到他面前，对他说："你住的地方后边有一座山，叫龙山。你沿着山脊一直走，见到一个似锅底的山坑处，你就挖深二尺半，那里有一罐白银，够你建寺用了。不过，在挖出白银的山里，定要种上一棵荔枝树，你千万要记住！"六祖正在为建寺院的事忧愁，听了观音菩萨所讲，一时高兴起来，禁不住手舞足蹈，把台前的那盏油灯碰落地下，"咣啷"一声，六祖从梦中惊醒，原来是南柯一梦。但他一想，又不像做梦，因为观音菩萨讲的话还记得很清楚。于是，第二天一早，六祖按观音菩萨所指，找到那个地方，嘿！果然让他挖出一罐白银。六祖高兴得不得了，于是按照观音菩萨的吩咐，精心地选了一株荔枝树苗，亲手在那个地方种下。后来，龙山寺建好了，而六祖亲手种下的那棵荔枝树也枝繁叶茂，每年都结满了荔枝。那些荔枝不但壳薄肉厚，而且清甜爽口，附近的民众都很喜欢吃。从此，很多人就开始跟着种这种荔枝，而且种的人越来越多。

过了很久，新兴县州背村的进士黎常在福建任监察御史卸任归乡时，又把福建一种叫"状元红"的荔枝也带回来种。可供种植的荔枝品种更多了，种荔枝的人也越来越多。一时间，“新兴荔枝”便远近闻名，一传十，十传百，越传越远，最后竟传到京都，连皇帝都知道了。

皇帝听说新兴的荔枝是六祖所种，想必不是平常之物，于是传下圣旨，要新兴向朝廷进贡荔枝，并派去钦差督运。

荔枝送进皇宫后，皇帝立即传谕妃子及宫人前来品尝。她们一边吃，一边围着皇帝说：“从来都没有食过如此蜜甜味美的荔枝。”皇帝龙颜大悦，连声称赞：“好香！好香！”即传旨下诏：“新兴香荔，年年进贡。”

从此以后，凡到新兴任职的县太爷，都要进贡荔枝给朝廷，新兴香荔也因此而驰名。

讲述者：谭家新　男　68 岁　新兴县环城乡水东村农民　私塾
采录者：陆秩明　男　30 岁　新兴县天堂镇八楼村文化辅导员　大专
采录时间：1987 年 6 月
采录地点：新兴县

龙眼的传说

很久以前，在一个大森林中有条恶龙，害得老百姓好苦。这里住着一个寡妇，带着一双孖仔[①]。儿子长得大骨

① 孖仔：双胞胎。

大肉，读书认字，聪明伶俐，孝敬母亲；母亲更是含辛茹苦，疼爱儿子。儿子十岁那年，一场大风雨过后，母亲突然生病，而且病越来越重，两个孩子哭得死去活来，母亲也担心自己死后孩子无依无靠。母子三人抱头大哭，哭声震动山谷，惊天动地，孩子哭着哭着，在母亲膝前睡着了。两个孩子同时做了一个梦，梦见一条真龙衔着一张纸条，上面写着："娘爱子，子爱娘，恶龙害你娘，你到南山上，龙眼落地变果救你娘。"他俩醒来后，把梦中所见告诉母亲。母亲说："两天前刮大风下大雨的时候，我看见了一条张牙舞爪的恶龙，但是真龙吐出的那几句话，我听不懂，你们去问先生。"

两个孩子去问先生，老先生说："老人讲，妖龙被凡人看见，它就会从空中跌下来，也会害死看见它的凡人。你母亲见的是妖龙，你们梦见的是真龙，照真龙指点，要救你娘亲，你俩就得赶快到山顶去，取出恶龙眼睛，丢下地去，等长出果子来，让你娘亲吃了就好了。"

两个孩子按照老先生的指点，上到南山，寻到树丛，果然发现一条谷箩那么大的妖龙。它四条腿在打哆嗦，但两只眼睛像两个银球，放出凶光。双孖兄弟走近，站在树背后，用石子掷它，它只挣扎，爬不动了。兄弟俩一人拿出一个秤钩，一齐走上去，用秤钩钩着两只眼球，用力一拖，把龙眼拖了出来。回到家后，扔到门前空地上，说来也怪，过了一天，这两只龙眼居然在地上冒出芽来，到当晚便长成了一棵大树；第二天，树上开了花；第三天，结了好多圆圆的果子。兄弟俩高兴极了，爬到树上，选了两颗最大的像龙眼的果子，摘下来给母亲吃。母亲吃了，病果然好了。后来，人们知道那果子既补身子又可治病，纷纷来买，兄弟俩也不要人家的钱财，都分给大家。后来大家就把这种果子叫做“龙眼”。

讲述者：梁老福　男　67岁　高州县祥山乡林场职工　小学
采录者：梁庚明　男　21岁　高州县祥山乡垭涌村农民　高中
采录时间：1987年3月
采录地点：高州县祥山乡

增城丝苗米

增城丝苗，又靓又好食，是名扬海外的特级优质米。传说，很久以前，在“白水丹邱”[1] 的高山顶上，建

① 白水丹邱：古增城八景之一。

有一间寺庙，名叫“西竺寺”。寺里有两个司庙和尚，一个生得身高脚长，人称大司庙；一个生得结实矮小，人叫小司庙。他俩和睦相处，勤劳共事，还在庙前开了一小块坡地，又引来山泉水，种上了水稻，自耕自食，不用去向村民化斋，而且还经常周济山下的穷苦人家。所以，村里人把两个和尚当佛爷。

有一年，忽然来了个歪嘴道人，他看见这里风水足，气候好，山高林茂，就想在此修炼仙丹，便强占了寺庙。大司庙与他讲理，被毒打一顿。结果，两个和尚只好成为歪嘴道人的奴仆。

道人日夜炼丹，还要大司庙和小司庙轮流去砍柴、挑水和看火。七七四十九天后，炼丹流出的浊水流到山下，破坏了农田，人畜也逐渐生起病来。大小司庙和尚看到这情景十分心焦，一齐去规劝老道。老道不管村民死活，只求自己炼丹成仙，他不准两个和尚离开丹炉半步。眼看山下农田失收，人畜发瘟，村民只得纷纷上山求道人行好，不要再在此炼丹。这时，丹药已炼第三炉了，道人怎肯罢休。他见村民越来越多，便使出妖法，驱赶村民。只见丹炉口刮出阵阵狂风，向四方乱吹，村民都被狂风赶下山去了，被妖风吹过的人都面黄肌瘦、半生不死的。

这一晚，夜深人静，大司庙吩咐小司庙看门，自己趁道人睡着了，便偷偷地背上两袋米，暗地下山来，把米分给村民煲点粥水吃。大司庙下山后，小司庙因劳累过度昏倒了。忽然，天下起雨来，丹炉火熄灭了，只听“轰隆”

一声，丹炉爆裂，丹药泻了一地。小司庙见了，吓得连忙跑下山去找大司庙。

这时，老道惊醒了，不见两个和尚，便一边骂一边下山来找。他见两个和尚从山下正向山上跑来，便使出妖法，一股狂风把两个和尚吹上山来。老道正想吹起崩塌的丹炉去压死两个和尚，忽然山谷传来了隆隆的巨响，云烟骤起，一条白龙从天而降，驮起两个和尚慢慢飞走了。歪嘴道人气得嘴更歪了，又吹起丹炉去压白龙，却把两个和尚撞倒在水田里，丹药撒在两人身上。白龙回头喷出一股泉水，洗刷了和尚身上沾着的丹药，他们即时化出两道红光，缠绕着白龙升天了。这时泉水越涌越猛，越涌越急，山鸣谷应，成了瀑布，向着道人和丹炉冲去。只听连声霹雳，丹炉被冲下山去，变作了丹邱山；那歪嘴道人被冲得打了几个滚，也变成了一块黑古勒突①的石头了。从此，山上又恢复了往时的平静。

人们说，白龙是佛祖派来惩罚恶道人的，还引渡了大司庙和小司庙升仙去了。白龙喷出的瀑布从此留在山上，终年不息，造福人间，人们称为“白水礤”②。山下的村子也就叫“丹邱村”。又过了一些年月，寺庙前那块已丢荒多时的水田却突然长出了两行水稻来，一行长得高，一行长得矮，结出的谷粒，又精实，又饱满，又白净，又柔滑。大家欢喜，舍不得吃，留下来做了谷种。因为这是大

① 黑古勒突：黑不溜秋。旧增城八景之一。

② 白水礤：今增城区朱村镇。“礤”与“祭”字音相同。

司庙和小司庙升仙的地方结出的稻谷，人们都说这是他们的化身。因此，就把那行高的稻种叫高脚大司庙，那行矮的叫矮脚小司庙。日子久了，人们就叫成了“高脚丝苗”和“矮脚丝苗”。

采录者：叶新多
采录时间：1987 年
采录地点：增城县

霞洞番薯的来历

话说很久很久以前，电白还是高凉郡管辖的一个县。有一个时期，霞洞一带连年天旱，种地无收，百姓无粮。灾民成群结队，向西南方向逃荒而去。当时霞洞有个林怀兰医生，是吴川人，也与灾民一起逃荒。林医生心地善良，富有义气。在逃荒途中，凡有人生病，他都上山采来草药，为灾民治病。一日，林医生同灾民到了交趾国关口，又治好了在这里镇守关口的将军的病，这位将军对他很是感激。

交趾国的一位公主患病，久医无效。国王日夜忧虑，郁郁不乐。一日，守关将军入王宫向国王禀报："高凉郡有一位林怀兰医生，与灾民逃荒来到关口，他在途中治好了不少灾民的病，我的病也是他治好的。此人医术高明，公主久病不愈，不妨请他医治，请国王定夺。"国王听罢，即令将军请林医生入宫，为公主治病。公主服药，不到三天，病症全消。国王见公主病愈，喜悦万分，为报答林医生的恩德，赠给他金银珠玉，但林医生不要。公主问道："你治好了我的病，赠物为什么不要？"林医生回答说："我医人，意不在领人的财物。"

一日，国王设宴答谢林医生。席上，为表示最高敬意，特以国宝熟番薯①款待。席罢，林医生问公主："席上番薯，能否给我生食？"公主答允，送给林医生一只生番薯。他吃了一半，留下一半捆在辫子里，戴上圆瓜帽子，急忙辞别公主，转返高凉。林医生离开王宫后，国王得到禀报：国宝被林医生偷出境去了。国王大怒，立即派遣守关将军追捕。

林医生急急忙忙到了国境江边，上了渡船，很快船便驶到半江中。这时，追捕的将军划船追了上来，拦住林医

① 番薯：甘薯，又名红薯。

生道："你偷国宝出境，我奉命将你缉捕。"林医生听罢，将他为挽救灾民取回番薯种植的心意诉说一遍后，说愿由将军处置。将军听了林医生的一席话，大为感动，同时感于林医生治病的大恩大德，于是命令士兵放行，让林医生带番薯回乡。将军目送林医生到了对岸，便毅然投江自尽。

林医生上了岸，沿着逃荒的路途回到霞洞，把带回的半只番薯种植下去，天虽干旱，它却长出了叶子，长了薯。消息传开，各乡农民纷纷前来取薯苗、薯块，广泛种植。有了番薯充饥，霞洞一带百姓才顺利地度过了灾荒。从此以后，番薯便从高凉郡传到广东各地，传到我国的许多省份。

清乾隆年间，霞洞副榜崔腾云，为纪念林怀兰医生挽救百姓饥馑的功德，率领民众于霞洞墟边建立"番薯林公庙"。庙建成后，每年收番薯时，当地农民都挑选又大又多的一株番薯挂吊在庙门前，以感谢林医生的恩德，祈祷林公保佑风调雨顺，五谷丰收，百姓能过上好日子。

讲述者：刘俊才　男　70岁　电白县工商银行退休干部
采录者：陈明心　男　54岁　电白县文化馆干部
采录时间：1987年
采录地点：电白县城

番 著

相传很久以前，有一年，农作物失收，不少农民逃荒他乡。其中有一个人被迫抛下妻儿，离乡别井，远渡南洋谋生。

他来到南洋，经人介绍，到当地洋人经营的种植园做工。当时，种植园里种有许多块茎类作物，它们易生好种，生长期短，产量高，味甘可口，可作粮食充饥。这对一个逃荒的农民来说，无异于发现了珠宝！想到家乡挨饿的妻儿，如果能种上这种粮食作物，妻子儿女、叔伯婶母，就不用挨饥抵饿四处逃荒了。

于是，当他决定回乡之前，便挑了一块茎，用布袋装好，准备带回家乡种植。哪里想到在动身时被园主发现，坚决不让他带走。块茎不让带，藤蔓不也可以用来作种苗吗？他第二次回乡时便想出了一个办法，把几根藤蔓的叶子摘掉，扭成一股绳子，当做裤带，绑藏在唐装裤头上，顺利通过了检查关，返抵家乡。

后来，这种作物便由新会逐渐传到各地。因为它是由“番鬼佬”的种植园里引进来的，所以新会人都把它叫“番薯”，一直沿叫到今。

采录者：文明珊　男　44岁　新会县杜阮镇龙溪小学教师　中专
采录时间：1987年
采录地点：新会县杜阮镇

泮塘“五秀”

在广州荔湾北路泮溪酒家一带，有一处人们熟悉的泮塘。

“泮塘”原名叫“半塘”。很久以前，这里一带都是池沼河涌和农田。天旱之时，乡民用水车引水灌田，大多水塘都被汲干了，独有一个不大的水塘，不管怎样汲始终保持半塘水。乡民便习惯把那个水塘叫“半塘”。

后来，为什么又叫“泮塘”呢？有两种传说：一种传说是嫌“半”字兆头不好，什么一半一半的，又难听，而这一带都是池沼河涌，水源丰富，便把“半”加上“水”而成“泮”；另一种传说是，旧时科举取士叫“入泮”，“泮”字的含义既雅致又吉利，乡人就把“半塘”叫做“泮塘”了。

泮塘不但因有荔枝湾胜景而出名，而且有五种特产远近闻名。五种特产是莲藕、马蹄①、菱角、茨菰、茭笋，也是人们传诵的泮塘“五秀”。

这五秀水生蔬果别具风味，特别好吃。当时人们就把蔬果类看做是“瘦物”，意思是吃起来清爽可口，没有油腻滞喉的感觉。因此，又把它们叫做“五瘦”。

泮塘的“五瘦”为什么特别多呢？相传它们最初属于附近的龟峰西禅寺所独有。寺僧在寺前池塘种植的水生作物，号称“五仙果”。僧人把“五仙果”作为四时供品，奉献佛前。不知是哪一年，附近泮塘村的一个香客到寺里烧香，长老说：“今年必发大水，禾米无收，最好种五仙果吧！”这位香客把长老的话郑重地告诉了乡人，乡人纷纷到寺里取来种子，于是泮塘一带都遍种莲藕、马蹄、茨菰、菱角和茭笋了。那年夏天，果然大水浸田，数旬不退，禾米无收。但所种的“五瘦”却特别茂盛，秋后收成

① 马蹄：荸荠。

又多又好。从此以后，乡民便年年都种这五种水生蔬果，而且旱涝丰收。

有一年的端午节，五个外乡秀才来荔枝湾观看龙舟竞渡。他们看见两岸的田土都是水茫茫的，没有禾稻，只有莲藕和其他不知名的植物，觉得奇怪，就问乡人："池沼里种的是什么?"乡人说："本乡田土，都种'五瘦'。"秀才不解"五瘦"之意，便问"五瘦"为何物。乡人说："莲藕、菱角、马蹄、茨菰和茭笋叫'五瘦'。"秀才们听了，琢磨一番，认为叫得太粗俗了。其中一个说："我们五人，十年同窗，亲如兄弟，号称'五秀'。这个雅号，就送给它们吧!"四人拍掌赞好，乡人也皆喜欢。从此，泮塘"五秀"便叫开来了。

讲述者：李文根　男　72岁　广州市白云区石井镇西郊村泮塘三队农民
采录者：曹焰屏　男　42岁　广州市白云区人和镇方石村教师
采录时间：1987年10月
采录地点：广州市白云区石井镇西郊村

四季杨桃

很久以前，在一个清风送爽、银月高照的夜晚，五羊城的白鹅潭面波光粼粼，景致美极了。

夜深人静时，天空忽然飘下七朵闪光的云彩，霎时变作七位如花似玉的仙女，原来是银河七姐妹下凡了！她们在白鹅潭轻歌曼舞，追逐嬉戏。

“咦！何处飘来浓郁的花香？”玩耍着的七位仙女中，有一位好奇地问道。其他仙女闻声停止了追逐嬉戏，也闻到周围有一股浓郁的花香。于是，她们便循着花香寻去，沿着花地河，娉娉婷婷来到了花地湾，只见一望无际的花田，种满了素馨花和茉莉花。

仙女们高高兴兴地走进花田，尽情地欣赏着明珠似的茉莉花和洁玉般的素馨花。忽然，听到花田树林内的一间茅屋里传出凄切的哭泣声，她们都感到奇怪，便一起走进茅屋探个究竟。

原来，茅屋里住着寡妇杨桃婶。她丈夫早逝，无儿无女，孤单一人，以种茉莉花和素馨花为生。平日，她把茉莉花和素馨花穿织成花蝴蝶、花鱼、花虾、花球、花串、花瓔珞、花篮、花灯等花饰品，拿去卖几个钱糊口。她心灵手巧，远近闻名，谁知却因此惹来麻烦。这一年正月，新上任的广东巡抚要在“乞巧节”里给自己女儿办一次热热闹闹的“拜七姐”盛事，需要很多的花饰品作为馈赠亲友的礼物，便派人来到花地采办。官差找到杨桃婶，限她一天内把大批花饰品制出来，否则就要问罪。这可急坏了杨桃婶，凭她一人之力，心再灵，手再巧，也难以在一天内办成这件事，杨桃婶因此痛哭起来。

七位仙女闻知此事后，顿生怜悯之心，决定帮助杨桃婶。她们马上作了分工：大姐、二姐飞回天宫，向掌管天上星辰的北斗星君借来天上的星星作灯，挂在茅屋四周的树上，将茅屋内外、花田上下照耀得如同白昼；三姐、四姐、五姐去采摘鲜花；六姐、七姐留在茅屋帮助杨桃婶穿织花饰品。仙女们各显神通，天没亮便把各式各样的花饰品如数穿织好了。杨桃婶万分高兴，正要向仙女道谢，她们却早已飘然而去。

仙女们留在树上的星星，结出了一颗颗犹如五角天星般的果实，人们摘来一尝，又甜又爽，十分可口。年复一年，那些天星般的果实都恰巧在每年的“七姐诞”那天长得最熟最好看。于是一传十，十传百，都说杨桃婶屋边的树上长出了神果，并把这种神果称为“杨桃”。为了纪念七姐的功劳，人们又把熟透的杨桃果叫“七姐果”。从那以后，每年农历九月，花地人家又都拜起了北斗星君来。这正是杨桃第二次成熟的时候，人们为了感谢北斗星君借天星的恩情，就把第二次成熟的杨桃叫做“拜斗果”。农历十月，农民收割晚稻时，杨桃第三次成熟，这一次的杨桃叫做“割禾红”。当北风呼呼的冬天来临时，其他果树都不结果了，而杨桃却依然开花结果，此时结出来的杨桃叫“雪稔”。

杨桃一年之内能四度开花结果，每次都是果实累累，没有旺年淡年之分，真是神奇之果啊！

讲述者：罗二婆　女　80岁　广州市芳村区家庭妇女
采录者：谢　璋　男　61岁　私塾
采录时间：1984年
采录地点：广州市芳村区

刁潭蔗出名

兴宁县刁坊镇刁潭村，以盛产甘蔗著称，蔗质清脆甜爽，渣无碎屑，远近闻名，搭船过往的人都要跑上岸来尝尝。这刁潭蔗何以出名？

据说，一年秋末，有条木船在宁江河靠刁潭村卢屋的岸边停泊。傍晚，一位长者走上岸来，但见他红颜长须，仙风道骨，独自向近前房舍走去。屋里的一位老人见来者举止非凡，忙请进厅中就座，并叫家人到园中取回甘蔗给长者解渴。其间，老人问长者："客官，你看这甘蔗吃味如何?"长者细细品尝后，随即答道："蔗质清脆甜爽，可惜满嘴渣屑，痒人牙床!"这农家老人听了不大高兴，却又不便当面表露，便说："我们这地方世代栽种甘蔗，从没见过没渣屑的，除非有仙人点化!"长者听后沉吟片刻，微微笑道："你待人诚恳，我倒有心成全你，来年你会种出渣屑不散的甘蔗来的。"说完，拿手杖朝老人的蔗园一指，便飘然而去。

果然，第二年的秋天，奇迹出现了。这位老人种的满园甘蔗既青皮疏节，又清脆甜爽，而且渣屑不散。从此，刁潭蔗便远近闻名了。

采录者：曾炽辉　男　40岁　兴宁县刁坊三潭村农民
采录时间：1987年9月
采录地点：兴宁县

吊丝丹竹笋

沙河镇白云山脚下的沙东村有一种远近闻名的吊丝丹竹笋，传说这是天上的仙人用一条丝线吊下来送给当地农民的。

很久很久以前，白云山麓住着一户人家，只有夫妇俩，丈夫叫阿泉，妻子叫阿娣，靠打柴割草为生。两人结婚多年来没有孩子，因此对别人的小孩十分喜爱。有一天，阿娣挑柴去圩场卖，她的柴又干又大把，一下子就卖出去了，正想买些油盐回家，却见一个三四岁的小男孩坐在树头哇哇大哭。原来，这孩子叫阿狗，他父亲带他出来卖菜，阿狗年幼贪玩，竟走失了，阿娣便带他四处找父亲，找了很久仍未找到。日已过午，阿狗饿了，阿娣买饭给他吃，见他衣服扯破，鞋子丢失，又替他买了一件衣服、一双鞋子，后来终于找到了阿狗的父亲。阿狗父亲一见，紧紧地搂住阿狗，连声感谢好心的阿娣。阿娣说："大哥，不用谢，我很喜欢孩子，但可惜我家没有孩子。"那大汉说："大嫂，你这样好心，上天一定会保佑你，你们一定会有一个好孩子的。"

说也奇怪，回来两个月后，阿娣真的怀了孩子。十月怀胎，阿娣生下了一个白白胖胖的儿子。夫妇俩中年得子，欢喜得什么似的，给儿子取名阿宝，宝贝得就像掌上明珠。

光阴似箭，日月如梭。转眼，阿宝已三岁了，长得虎头虎脑，聪明活泼，十分惹人喜爱，阿泉和阿娣上山打柴常常带着他。父母打柴，阿宝就在树荫下玩，摘野果，捉蝈蝈，等父母打完柴跟着父母回家。这天，阿泉夫妇又带着阿宝上山，吩咐阿宝在树下玩，然后去打柴了。阿宝在树下逮了一只水牛郎，就用小树枝逗着玩，正玩得开心时，水牛郎却呼的一声飞走了。阿宝爬起就追，水牛郎飞到悬崖边一棵小树上停住了，树上长满红艳艳的果子，阿宝不顾水牛郎了，连忙爬上去摘果，谁知树枝断了，阿宝惨叫一声，滚下了悬崖。

阿泉和阿娣听见叫声，连忙跑到山崖下，抱起阿宝，却见已摔死了。夫妇俩哭得死去活来。恰巧那日是天上蟠桃会聚散之日，赤脚大仙和几个神仙仰慕白云山的风光，一早便驾着祥云来到白云山，秀丽的风光使神仙们的兴致大发，他们拿出乐器，在云端演奏起来，一时祥云缭绕，仙乐飘飘。再说太上老君天天在兜率宫炼丹，熏黑了脸孔，烧焦了眉毛，早就想出去散散心。听说众仙在白云山奏乐，连忙丢下烟熏火燎的兜率宫，跟着追了上来。众仙正奏得高兴，忽听得一阵阵哭声，阿泉夫妇的哭声把神仙惊动了。赤脚大仙见这对勤劳善良的夫妇遭此大难，好生不忍，便问众仙有无办法救得小孩一命。刚好太上老君坐在他旁边，便问老君有无带丹药来。可是太上老君走得匆忙，连药葫芦也忘记了带，摸了许久，才在身上摸出一粒丹药。赤脚大仙接过，连忙从衣服上抽出一根丝线，吊着这丹药，徐徐降了下去。阿泉夫妇抱着儿子正哭得伤心，忽见眼前红光闪闪，异香扑鼻，一条丝线吊着一粒仙丹轻悠悠地由天上降下来。阿娣想，难道是上天可怜我们，降下仙丹救阿宝了？于是连忙取下仙丹，叫阿泉取水，两人撬开阿宝的嘴巴，把丹药灌了进去。丹药下肚，阿宝的肚子咕咕响了，小嘴一张，“哇”的吐了起来，阿宝活了。阿泉夫妇高兴得什么似的，抱着阿宝又哭又笑。众仙见小孩活了，又驾着祥云往别处去了。阿泉望见地下红光闪闪，一看，原来是阿宝吐出来的那粒仙丹，阿泉连忙用锄头锄泥把它埋上。

晚上下了一场大雨，过了几天，埋仙丹的小土堆上长出一棵竹苗。不久，竹苗长成了一丛婆娑的修竹，它长出的笋子很大，笋身黄净，锄下煮熟尝尝，鲜嫩可口，别有风味。乡亲们尝过，个个赞绝。消息传开，当地人便纷纷来种植，因这是天上吊下来的丹药长成的，人们便把这种竹叫“吊丝丹”。从此，白云山脚下种满了这种“吊丝丹”。

讲述者：谢容带　男　55岁　广州市郊区沙河镇干部　小学
采录者：姚瑞英　女　31岁　广州市郊区沙河镇文化站　高中
采录时间：1979年
采录地点：广州市郊区沙河镇

萧岗的柳叶菜心

白云区新市镇萧岗村生产的柳叶菜心，远近驰名。它很有特色，一尺高、叶细、节疏、碧绿、质脆、爽甜，而且分蘖多，收成期长。

相传节度使刘龚割据岭南，自封为王。他在观音山下大兴土木，建造宫殿，强抢美女，弄得人心惶惶，人们四处逃难。

有两个村姑，一个叫柳娥，一个叫叶花。为逃避选美入宫，都逃到白云山脚萧岗的一间叫“龙唐观”的破庙住下来。她俩为了生活，在庙旁的“碧雨潭”边开荒种菜，像当地人一样，靠种菜栽花过日子。她俩辛苦了几天，捡净了潭边荒地的石头，用树枝把土翻松，用双手整好一行行的菜地。没有菜种怎么办呢？要是到庄户人家讨一点，又怕被官差发现，捉入宫去，实在为难。她俩坐在“碧雨潭”边，看着丛丛柳树发呆。想着想着，柳姑娘提议说：“菜种不成，种些嫩的柳枝也好。”于是她折下鲜嫩的柳枝，插入整理好的土中，用清甜的潭水浇灌。晚上，她俩都梦见南海观世音来游白云山，到“碧雨潭”沐浴，看过她俩的“菜地”。第二天一早，她俩又去给种下的柳枝浇水。真奇怪，昨天种下的柳枝，竟变成一棵棵菜心，绿油油的。她俩摘些回去煮来吃，觉得又嫩又脆，鲜美可口。她俩拿一些去卖，吃过的人都觉得这种菜心特别好吃。这样，一传十，十传百，很快传扬出去，村民都争着向她俩要菜心种子。后来竟传到京师，皇帝还将这菜列为贡品。

因为这种菜心形似柳叶，又是一个姓柳、一个姓叶的村姑先种的，所以人们就叫它“柳叶菜心”。

讲述者：陈　开　男　57 岁　广州市白云区新市镇萧岗村
　　　　欧　虾　男　70 岁　广州市白云区新市镇萧岗村
采录者：曹焰屏　男　42 岁　广州市白云区人和镇方石村教师
采录时间：1987 年 10 月
采录地点：广州市白云区新市镇萧岗村

桃山格篮菜

桃山格篮菜最好吃，最出名。

传说乾隆皇帝游江南时，经常独自一人微服暗访。有一日清早，来到揭阳桃山村，猛见一园绿油油的蔬菜，觉得很好看，便走进园里去玩赏。原来这园里种的是格篮菜。乾隆皇帝正看得高兴，忽然耳边传来一阵少女的笑声，他循声望去，见一座楼台的窗口上有一个美如天仙的村姑正在对镜梳妆。乾隆皇帝一见，神魂儿即飞到楼上。他万万没有料到，在这偏僻山村竟有如此美貌的姑娘，连他三宫六院的美人都没有一个能比得上。那姑娘梳妆完毕，见楼下有个男人注视着她，不禁脸红起来，暗骂这男人轻薄，不知是哪里来的痴汉。她一时怒从心起，便气恼地端起洗脸水，向着楼下那痴汉泼去。幸好洗脸水没有泼到乾隆皇帝身上，而是泼在格篮菜的叶上。乾隆皇帝被这一泼，清醒过来。他忽然闻到一阵脂粉香，不但没有生气，还笑对被泼水的格篮菜吟起诗来：

山僻村姑赛天仙，
惹朕情牵意流连。
堪羡格篮多艳福，
得沾美人脂粉香。

桃山红门楼的格篮菜经乾隆皇帝赋诗称颂后，从此味道就更香脆好吃，而且菜叶上还沾着一层薄雾，像美人的脂粉。这里的格篮菜籽拿到别地播种，种出来的格篮菜总不如桃山红门楼的可口，原因就是这里的格篮菜受过帝君赠诗的缘故。

讲述者：谢东泉　男　65岁　揭阳县桃山乡退休教师　初中
采录者：陈诗侯　男　52岁　揭阳县浦边村　县文化局干部　中师
　　　　黄光启　男　48岁　揭阳县广美村农民　高中
采录时间：1986年3月
采录地点：揭阳县桃山乡

茶　母

汕头埠早先有家旺记茶庄，以卖名茶出名。一天，老板从一位福建客商口中得知武夷山凌霄寺有位广慧和尚，制得一手好茶。那茶呀，呷上一口香三日，饮上一泡香三月。当下即派最能干的伙计进喜，带了五十两银子到凌霄寺买茶。

进喜到了武夷山上，向当地人探问，才知道那广慧和尚是个脾气古怪的住持，你要是向他买茶，他定会赶你下山。进喜心中有底后，就上了凌霄寺。来到寺门外，看见路边走出一个老和尚，一问，知道他便是住持广慧，进喜告诉他，自己是来福建做生意的，特地绕道上山拜访长老。广慧和尚听后很高兴，忙请他进寺歇息。

进喜住下之后，发觉凌霄寺香火很旺，广慧和尚也格外好客。每天都有三几位老朋友被留在寺中住宿，共同吟诗作画，下棋品茗。送别时，每每见小和尚给每人送一包茶米。

进喜是个乖巧的人，不但时常伴广慧和尚下棋喝茶，有时还托人买些宣纸赠他作画，广慧和尚心中甚喜。不觉已过了两个多月，一次因取银子，进喜才发觉五十两银子已剩下不足十两了，吃惊之余伤心起来，早早倒床便睡。

不想广慧和尚这时进来邀他到寺前赏月，见他愁眉不展，问他何事伤心。进喜只得实言相告，广慧和尚一听，连声叹息："哎哟，你为何不早说！"说着就离开了一会儿，回来时，手心里捧着一小包茶米，看去只可以冲一泡工夫茶的样子。他说："罪过！罪过！库房里只剩这一点儿了。小施主带回去，如实向你老板说明吧。"

进喜回到汕头埠，老板虽说很有涵养，但也不免阴云满面，对那一小包茶米看也不看，夺过来就往墙角一丢了事，店中伙计也不敢去动它。

过了两天，正是农历八月初三大潮期，刮来一阵强台风，海水涌进汕头埠，来势凶猛。老板把库存的茶米搬到楼上，带着妻儿回潮州城老家避水灾去了。

大水退后，老板回到汕头。在茶庄门口闻到阵阵异香，凭经验知道这是特级佳茗才有的清香味。稍后，开门走进小客厅，更觉满室弥漫着浓浓的茶香，心里好生奇怪：发大水所有茶米都搬上楼了呀，哪来的茶香呢？又见四周墙壁上，被水淹的地方呈深褐色，像精心油漆过一般。老板正疑惑间，进喜忽然嚷起来："我晓得了，这茶香是广慧和尚特有的，一定是那包茶米被水泡了散出的香味。你们看，这墙壁上不是结了一层茶渣么？"老板听了，却不大相信，以为进喜是在为自己开脱。

但是，旺记茶庄的生意立即兴隆起来。整个汕头埠都说旺记茶庄进了一批价钱便宜的特级福建茶。店主想起进喜的话，又细心察看墙上的茶渣，觉得也许那老和尚给的是什么神奇宝物，就决定让进喜冉去一趟武夷山。他给了进喜一百两银子，说如若能购得一斤茶米，就是了不起的大事。

熟门熟路，进喜很快就见到了广慧和尚，他把回去后碰到的情形和这次的来意一下子全说了。

广慧问："你带了多少银子？"

进喜说："一百两。"

广慧一听，仰面哈哈大笑："你们老板真不愧是商人！小客官，你两次来我这里，一共只带一百五十两银子，要买我那茶米半两都不够，我是有感于你的真诚才相赠于你的。你知道吗，我那是茶母啊！”

“茶母？”

“对，茶母就好比酵母一般，你们店里就是堆进了一座茶山，只要把茶母藏进去，过了一夜，普普通通的茶米也会成为佳茗的。”

“住持，你就发发慈心，再给我一小包吧。要不是那一包茶母被水冲跑，小人也不敢再来求助。”

“你们那间小客厅四壁不是上满茶渣了么？它其实已经变成一个万金难买的大冲罐了。以后，只要把茶堆在厅里，门窗关闭，过了一夜，再次质的茶米也会变成佳品的。”

进喜回到汕头埠，告知店主，照广慧和尚所说的去做，果真见效。茶庄的生意也越来越兴隆。

讲述者：如　冰　男　58岁　汕头市文化局干部
采录者：李英群　男　50岁　潮州市潮剧团干部
采录时间：1987年10月
采录地点：潮州市

白叶单丛茶

宋帝昺在乌岽山仙草寅播下八颗茶子，插下茶枝。几天后，他见自己亲手插下的茶枝上长出了黄绿色的叶子，就命名为白叶茶；又见那八颗茶子长出的茶叶都是深绿色的，就称为乌叶茶。

这时，一只小猴子走来，在宋帝昺跟前跪下，要讨些皇帝的茶叶，移到凤凰乌髻山各处去种。宋帝昺没有答应，小猴子趁皇帝没注意，偷偷把白叶茶连根拔起，带走了。

它来到凤凰乌髻山，见遍山都是石头，只好将白叶茶种在一块大石头的半壁隙缝里，然后从乌髻顶的仙井里挑水浇茶树。天天挑，天天浇，几天工夫，白茶叶又发了新芽，长出了叶。

转眼一百五十年过去了，调皮的小猴子早已变成苍老的白毛猴了。

一天，白毛猴闻知大石山上来了一位能点石为猪的神仙，就采了一篮茶叶，跑到大石山去，准备拜师学法。好不容易找到了大仙，大仙指着十八个罗汉石，摇头叹息："猪群被晦气冲撞，现了原形走不动了，我还有什么心思喝茶呢？还是把茶叶转送给玉帝吧。你先把茶叶洗净，然后带到昭山等我。"

白毛猴听说茶叶要转送给玉帝，心里好高兴，便拜别了大仙，带着那篮茶一直朝东走。走呀走，走到珍珠湖洗茶叶，洗好了，发现有二蕊茶叶发了根，就自言自语地说："发芽生根，那就让你超生吧。"说着，随手将这二蕊茶叶分别种在湖边和岽顶的土地上。

白毛猴带着茶叶离开珍珠湖，来到了昭山山顶等候大仙，等了整整六天六夜，还不见大仙的来临。忽然，从西南方传来阵阵锣声，白毛猴喜出望外，以为是玉帝召它上天的使者来了，就顺着锣声飞奔而去。它来到了牛牯嵊一看，原来是送葬的锣鼓队，气得双手抱住头，栽倒在地上。后人把这地方取名“猴仔听锣”。正当白毛猴急急离开昭山山顶时，忽然刮起一阵西南风，把一篮茶叶卷上天空，茶叶散开，飘落在昭山的山谷、深坑。从此，白茶叶就在昭山上安居落户了。

讲述者：文大葱　女　潮安县凤凰镇福南村农民

龙炳回　男　潮安县原凤凰茶叶收购站干部

采录者：黄柏梓　男　44 岁　潮安县凤凰镇福南村农民　高中

采录时间：1987 年 9 月

采录地点：潮安县凤凰镇

清桂茶

传说很久很久以前，广宁县清桂河边住着一位茶农。他在山坡上种的小片茶树长得枝繁叶茂，婆娑滴翠。一天，有个县官路过门前，口干舌燥，要茶农煮茶给他喝。茶端来了，色清味香，喝后甘香留口。县官一连喝了三碗，抹抹嘴边胡子，连声叫好。过后他找了个借口，命衙差赶走茶农，把茶树圈为“官树”。可是过了不久，茶树却渐渐枯萎了。县官无奈，又令衙差骑上快马，四处搜查，把茶农捉来，限期要他救活茶树。

茶农看着枯萎的茶树，拼命浇水施肥，但茶树仍然毫无生机。期限即将满了，茶农想到交不出茶树就要坐牢，不禁悲哀地哭了起来。哭呀哭，泪水流入清桂河。突然，一只仙鹤飞到茶农跟前，说：“茶农哥，别哭了，我给你想办法吧！”说完，向茶树吐了三口唾液，便向县衙飞去。刹那，茶树发了幼芽，幼芽长成树干，树干开了枝丫，枝丫长出茶叶。接着又一棵变两棵，两棵变四棵，一会儿山坡上长满了茶树，好像铺上一张翠绿的毡子。

茶农又惊又喜，这时，仙鹤飞回来了，说：“茶农哥，你不用怕，那贪婪狠毒的县官已经被我啄死了，这片茶树永远归你了。”说着，向满坡绿茶树喷洒了一阵仙水，便飞走了。从此，这里的茶分外香甜爽滑，因它生长在清桂河边，人们给它取名“清桂茶”。

讲述者：陈青云
采录者：罗小文
采录时间：1986 年
采录地点：广宁县

清桂黄连茶

很久以前，有一个姓黄名连的人，住在清桂浪塘村附近的大山脚下。黄连的生活十分贫困，但是他心地善良，热情好客，经常招待过路人，入山劳作的人都很感激。有一年闹饥荒，人们的生活非常困苦。天上有一位神仙下凡，路过这里，已是黄昏时分，准备找个地方过夜，结果问了很多人家，都不肯留宿。仙人只好继续往前走，发现山脚有一间小茅屋，便大步向茅屋走过去。

黄连听到敲门声，出来开门。仙人请求投宿，黄连热情地接待了。晚饭后，仙人对黄连说："在这座大山背后长着一棵摇钱树。你顺着山顶走到溪边，有几级石梯处，往上一看就能见到。你把这树上的叶子取回来炒干，拿去卖，就能接济你的生活了。这树叶泡的水，人饮后能消除疲劳，止渴生津，凡是饮过的人都会上门找你。"第二天，黄连按仙人指点的方向一路寻找，果然在崖顶上见到一棵长得像雨伞一样的树，隐没在半云半雾中。

黄连顺着石梯爬上去，把这棵树的叶子摘下来带回家。按照仙人指点的方法制作好后，取一撮放进碗里冲上开水，他饮了一口，觉得香不绝口。就这样发现了第一棵茶树。

后来，黄连把这棵树的种子带回来，种在地里，辛勤浇灌，逐年扩种，生产的茶叶很受茶客的欢迎。

黄连去世后，人们为了纪念他，就把这座山叫黄连山，茶叫黄连茶。这黄连茶是清桂茶的上品。

采录者：梁友森
采录时间：1986 年
采录地点：广宁县

红豆生南国

在珠江岸边有一个村庄，一条清清的红岩涌水横贯东西，把村子切为两半，涌南涌北住着郑徐两姓人家。虽说两姓之间只隔着一条红岩涌，而且河水浅，潮退时涉足可过，但是两姓之间的隔阂却像一座山，仇恨就像海一般

深。这是为什么呢？

传说最初是为了争夺祖坟的风水龙穴，械斗过几次，两边都死伤了些人。后来，仇越积越深，变得水火不相容，连端阳赛龙舟时，遇上艇头碰艇尾、船橹碰船桨等一类芝麻绿豆般的小事也要搬刀动枪。涌北有个独生子徐奀苏，奉养着年老的母亲，以打猎网鱼为生，是远近闻名的捕鱼能手。有人见过他跳入海里，泅了三天三夜，把海底岩隙里的一只八十余斤重的大海蚌捞起来，剖开蚌壳取出一颗光芒夺目的大珍珠。红岩山里有一条九丈九尺长的大蚺蛇[①]，曾经把一个看牛仔连人带牛一口吞掉，吓得大家不敢到山上，都来恳求徐奀苏给想个办法。徐奀苏沉吟了半天，点头答应了。他赶着一头百余斤的大猪，插上一把腰刀便入山去了。走了一天一夜，一点儿大蚺蛇的消息也没有。第二天早上，只看见山头雾气漫天，从雾气里传出一阵阵打雷声，震得山头晃动，红岩涌水潮涨了三次，人人都为徐奀苏担心。正午，太阳挂在中天，雾气散了，浑身是蚺蛇血迹的徐奀苏从山岩下走出来，手里捧着一个酒杯大的蛇胆。大家过去一看，蚺蛇已经被打死了，从山顶到山脚，蚺蛇滚过的地方树木全都齐根折断，山坡像是晒谷场那么平滑。

这个消息传了出去，人人都竖起大拇指来，啧啧称赞。邻近村庄见过面没见过面的姑娘，睡梦里也都想着他。当徐奀苏从涌旁荔枝树下走过的时候，有多少洗衣姑

---

① 蚺蛇：即蟒蛇。

娘的眼光注视着他啊！姑娘们漂在埗头石阶上的花围裙，让河水给冲走了都不知。徐奀苏却没有正眼望她们，因为他的心早已经被涌南的郑杏娣牵住了。

涌南的郑杏娣，父母早已去世，跟着哥哥嫂嫂过日子。郑杏娣是闺女中的鲜花。她下田能耕种，屋里会刺绣。她绣出的茉莉惹得檐前的蜜蜂飞来团团转，她绣的鲤鱼几乎要从白绸布上跳出来。有一次，她和女伴们打赌插秧，看谁插得又快又好。她从太阳出来插到落山，一口气插了九亩九。只看见她手摆身移，在田里像穿梭一般来回走动，人过处跟着就露出一行行栽好了的秧苗，平、正、齐、直，惹得满田人连声喝彩。邻居的老伯伯不住摇头叫绝说："好哇！这一手也有个名堂，叫做'水上漂'。"从此，女伴们都不叫她杏娣，而改口叫她"水上漂"了。

哪一个老人家不愿有这么一位好媳妇？哪一个青年小伙子不希望有这么一位好妻子？各村派来的媒人，天天到郑杏娣家里啰唆，把门槛也踩平了。连平素狗眼看人低的族长郑三爷，有一天居然也不惜降低身份，从他的青砖屋移步到郑杏娣的茅棚里来，替他那个在广州府里做官的亲戚做媒。郑杏娣的哥哥每次都问郑杏娣的意见，郑杏娣是一百个看不上，一百个不肯。

哥哥不忍强迫她。但媒人啰唆得多了，哥哥有时也会烦躁地问："难道就没有一个合你心意的？"郑杏娣回答道："我年纪还小哩！"郑杏娣年纪小么？不，她已经十八岁了。那她为什么这样说啊？其中有个秘密。原来她的心已经交给年轻的捕鱼能手徐奀苏了。

当徐奀苏出河网鱼、郑杏娣在沙滩上捞蚬的时候，河湾里清清的红岩涌水窥见了他们的秘密，他俩在对歌呢。

徐奀苏唱：

有水行船没水饮呀，姑妹，
有妹见面没妹商量呀哩。

郑杏娣应：

自古有针来引线呀，兄哥，
有媒相引易得商量呀哩。

徐奀苏唱：

蕹菜落塘唔在引呀，姑妹，
两家情愿使乜①媒人呀哩。

郑杏娣唱：

买木唔知心里烂呀，兄哥，
拣人容易拣哥难呀哩。

徐奀苏唱：

买包花针随路撒呀，姑妹，
揾②针容易揾妹难呀哩。

郑杏娣唱：

灯芯点的胭脂水呀，兄哥，
问你心头想乜谁呀哩。

---

① 使乜：用不着。
② 揾：找。

徐兲苏唱：

灯芯结成莲子咁样呀，姑妹，
见妹行动合我心肠呀哩。

郑杏娣唱：

海底珍珠容易揾呀，兄哥，
真心情哥实在难寻呀哩。

当徐兲苏上山打猎、郑杏娣打柴割草的时候，屹立的山峰听到过他们的歌声：

郑杏娣唱：

粟米多衣[1]难见面，
莲蓬离子有口难言。
族规森严口舌可怕，
想哥唯有梦里痴缠。

徐兲苏唱：

利刀斩不断红岩涌水，
族规缚不住情人真心。
妹是针来我做线，
针行两步线来寻。

郑杏娣唱：

共哥讲话甚艰难，
好比鲤鱼上急滩。
水深又怕鸬鹚劫，
水浅又怕网来拦。

---

① 多衣：多层。

徐奀苏唱：

敢出大海不怕风浪，
敢入深山不怕豺狼。
敢共阿妹结连理，
哪怕乱刀插胸膛。

两人合唱：

天上北斗缠月亮，
山顶紫藤缠树旁。
情哥有心妹有意，
雷打火烧不相忘。

俗话说："鸡蛋虽密也会孵出鸡仔。"年长月久，他们的行动也不免被人知道了。风声渐渐传了开来，传到了老族长郑三爷的耳里。他气得暴跳如雷，把正厅踩出两个坑。他马上召集郑姓的乡绅族老，破口大骂道："这是伤风败俗无法无天的丑事，祖宗八代的脸都给丢尽了。如果不按族规严办，我能答应，祖宗也不会答应！"

当下大家没有异议，只因为怕徐奀苏勇敢顽强，难以对付，这才决定暂时不露声色，暗中下手。先把徐奀苏捉住，再将郑杏娣一并绑起，在祠堂里祖宗神位前用荆条打他们一百背花，然后用猪笼罩着抛入大海里淹死。

不料，郑三爷等人的密谋却给郑家长工听到了，长工偷偷地给徐奀苏送了信。徐奀苏听了，冷笑几声，不以为意，倒是把徐奀苏的母亲吓坏了。她只有这么一个三代单传的儿子，怎么能眼睁睁看着他送死？虽说徐奀苏有一身武艺，但他双拳难敌众手。俗话讲蚁多也会咬死象啊。她哭哭啼啼地逼着徐奀苏立刻离开村子，到南洋去投靠同房的叔叔，指望来日赚几个钱回家，不再受人家的气；再说，即使赚不到钱，避开眼前的一场是非也是好的。徐奀苏拗不过母亲的心意，又想到郑杏娣的危险处境，只好答应了。

一天黑夜里，徐奀苏收拾了行装，悄悄地出门走了。郑杏娣给他送行，送出村，送过河，送过山。路途虽长话不嫌长，郑杏娣千叮咛来万嘱咐。徐奀苏答应，一到南洋马上寄信回村，多则三年少则两载，一定回来接她。天渐渐亮了，只听见山边有人唱着山歌：

往日共妹好似蜜饯呀，姑妹，
如今甜橙跌落苦瓜园呀哩。
今日分离心内哭呀，姑妹，
犹如猪胆苦过黄连呀哩。
花针拮[①]住沙梨碇呀，兄哥，
提起离别眼水唔住停呀哩。
莫怪潮水反上涨呀，兄哥，
泪水流泻涨上来呀哩。

郑杏娣送徐奀苏送了九十九里远，一直看着他登上了“大眼鸡”[②] 船，扯起风帆远去。郑杏娣心酸得直想哭，她唱着凄楚的歌给徐奀苏送行：

唔好东风搞坏天呀，兄哥，

---

① 拮：刺。
② 大眼鸡：广东人称漂洋过海的木船。

唔好族长搞断心肠呀哩。
满塘莲藕花开透呀，兄哥，
风狂雨大吹折并头莲呀哩。
……

风呼呼地从海上吹过来，郑杏娣痴痴地伫立着，眼望渐渐远去了的船。船越来越小了，只能看见发着白光的船帆。她隐隐地听到远处传来徐奀苏那熟悉的悲凉的回应：

大海茫茫鱼打滚呀，姑妹，
五洋四海系哥山坟呀哩。

郑杏娣的心像刀绞一样，眼泪簌簌地流了下来。

一个月又一个月过去了，徐奀苏没有来信。在打柴割草的时候，郑杏娣常常跑到分手的海滩边去，伫立着，眺望着。但是一点儿也没有徐奀苏的消息。

一年又一年过去了，徐奀苏依然没有信来。郑杏娣消瘦了，憔悴了，还是常常跑到海边去。但是只有呼呼的风吼，哗哗的浪啸，仍然没有徐奀苏的消息。

最后，有人从南洋回来，带来一个不幸的消息：徐奀苏所搭的那条船，在大海中碰到龙卷风，沉没了。郑杏娣听到这个消息以后，发疯似的奔到海边，望着大海，披头散发，捶胸顿足，哭了三天三夜。声音哭哑了，泪水哭干了，眼睛哭出血来了。第四天，郑杏娣也跳到海里，找寻徐奀苏去了。她的血泪洒在海边的一棵树上，变成了一粒粒殷红的豆子——这就是“南国红豆”，又名“相思豆”。

采录者：李而已

化州橘红

罗江河畔，宝岭山麓住着一户人家。长者年已古稀，姓戴名吉，由于连年的天灾兵祸，他的老伴、儿子、儿媳早已不在人世，只剩下一个名叫阿红的孙女与他相依为命。老人一生劳累，风里来，雨里去，现今染上老年人常患的痰喘咳嗽病，一步一喘，十步一咳，实是凄凉。家中又无钱延医拾药，只得每日上宝岭找些止咳化痰的草药来治。一日，戴吉和阿红又上宝岭找草药，爷孙俩边走边找，忽然“扑哧”一声，一只红颈翠羽的鸟落在他们身边。戴吉拾起一看，只见这只鸟的右翅膀已受伤，满身血污，不停地挣扎，发出可怜的叫声，再也飞不动了。戴吉见鸟这副模样，很是同情，于是便将这只受伤的翠鸟捧回家中，用“凤饮鸣泉”的井水为它洗净伤口，敷上在宝岭采来的草药。阿红每天都采回草米、竹米给它喂食。经过戴吉爷孙十多天的悉心照料，翠鸟的伤口渐渐好了，能重新振翅飞翔了。这天，戴吉、阿红捧着翠鸟来到宝岭，说：“翠鸟呀翠鸟，你的伤口好了，自己去寻找伙伴吧。”接着向上一抛，翠鸟“扑扑”地飞上了蓝天。

放飞翠鸟三天后的一个中午，戴吉和阿红正在家里准备吃番薯粥，突然听得屋外“吉呀，吉呀”地叫。戴吉出来一看，只见放飞的那只翠鸟又飞回来了，落在老人的手掌上，还吐出了一粒种子，之后向老人点了点头，飞走了。戴吉一看，觉得奇怪，立即叫出阿红，将这粒种子种在园子东侧。过了三三归九天，种子发芽了，长成了小树。阿红天天浇水，小树一天天长大。又过了七七四十九天，树开出了洁白的花，结出了满身白茸毛而又吐芳香的果实。

一日，戴吉老人在这棵树下小憩，抚摩着这棵翠鸟送种子育出来的奇树。突然，一个果子“扑”的一声从树上落下来，戴吉老人刚刚阵发咳嗽，口内冒烟，见了果子，拾起来就是一口，顿觉一股异味直刺咽喉，接着喉清口爽，痰去咳止，气顺神扬。这时，他才恍然大悟，翠鸟是为了报答他的救命之恩，特地为他送来治病的树种。就这样，戴吉老人用这种果子治愈了自己多年的顽症。

后来，戴吉和阿红将这棵树接枝种植，并用果子给人们治咳喘病。后人为了纪念这爷孙俩，特将这种奇树上有特殊治病功效的果子，用爷孙俩名字的谐音命名为“橘红”。

讲述者：陈秀兰　女　46岁
　　　　李　康　男　55岁
采录者：陈红胜　男　63岁　化州县文化局退休干部　大专
采录时间：1986年10月
采录地点：化州县

附　记

橘红为芸香科植物橘及其栽培变种的干燥外层果皮，是化州县的著名特产，生长在含有丰富蒙石土壤之中，秋末冬初果实成熟后采收。果实体长绒毛，外表面黄棕色或橙红色，存放后呈棕褐色，密布黄白色凸起或凹下的油室。内表面黄白色，密布凹下透光小圆点。质脆易碎，气芳香，味微苦、麻。其主要药用功效为散寒、燥湿、利气、消痰，可医治风寒咳嗽、喉痒痰多、食积伤酒、呕恶痞闷等症。自古被列为朝廷贡品，自明朝以来畅销海内外，是有数百年历史的驰名中药材。

广守竹子

相传很古很古的时候，江边住着一个青年男子，名叫祝山。他没有父母，也没有兄弟姐妹，只有一间破旧的茅屋，几丛青翠的竹树。

祝山天天上山，锄地割草，种竹种菜。他爱唱山歌，经常边做工边唱歌：

青竹千条伴山风，浪花万朵伴龙王，

天上星星伴月亮，地上谁伴种竹郎？

歌声透过彩云，飘呀飘呀，一直飘到天上，被九天银河仙女听见了。银河仙女拨开云雾，往地上一看，见祝山勤劳朴实，体格健壮，身边没个亲人，又爱慕，又同情，便迎着清风，驾起祥云，来到人间。她站在江边一块大石上，吹一口仙气，化几缕轻烟，变成了一个青衣翠袖的姑娘，望着祝山，唱起歌来：

竹子自有绿衣裳，茅屋也有燕伴梁；

不爱金银和马车，只求做对好凤凰。

真挚热忱的歌声，像一碗甜美的清泉，直沁祝山的心脾。祝山忘记了疲劳，忘记了忧愁，他循声细看，见江边站着一个青衣姑娘，羞红的脸儿露出一对小小的酒窝，含情脉脉地对他微笑。

忽然，一阵清风白雾，又飘来七个仙女，她们唱道：

风吹竹叶摇竹竿，银河仙女凤求凰。

竹子低头承露水，仙女低头等情郎。

祝山听了，又惊又喜，脸上羞得通红。忽然，又皱起双眉，低声唱道：

衣衫单薄度寒冬，煮粥无米叹家穷。

茅屋草棚无片瓦，穷哥怎待美娇容？

仙女们听罢，又唱起来：

种树要种青竹秧，嫁夫要嫁老实郎；
竹子是棵常青树，老实阿哥情久长。
好酒就爱好坛装，好妹就爱嫁好郎；
好妹好郎成双对，花红叶绿更芳香。

仙女们唱完歌，化一阵清风去了。祝山觉得奇怪，追上前一看，只见银河仙女正在挥动锄头，锄地种竹，她手勤脚快，锄呀，种呀，转眼之间，就种下半山竹苗子。啊！满山满岭都长起青竹了！祝山高兴极了，他走上前去，与银河仙女手挽手，双双回到小茅屋里。

他们结了婚，相亲相爱，以种竹为生。日子过了一天又一天，竹子种下一山又一山，绥江两岸就成了闻名海外的竹子之乡。

讲述者：程荣基
采录者：罗小文
采录时间：1986 年
采录地点：广宁县

龙门胡须鸡

相传，在四百多年前，龙门县的一个小山村有一个美貌出众的姑娘，她擅书画，精于针线绣花，绣出的花鸟草虫栩栩如生，村里男女老少都叫她“绣花姑娘”。

村里有一个贪色的财主想纳她为妾，几次派人说亲，许以财帛。但是，绣花姑娘不贪财，不肯答应。财主恼羞成怒，派出打手，把绣花姑娘打得遍体鳞伤，丢进村外的一个小山洞。

这小山洞向阳，洞口前有一条小溪，溪边是块草地。绣花姑娘醒来后，发现洞前的草地上有一群草头鸡，正在啄食草子。这些草头鸡身黄，脚黄，嘴夹黄，又有胡须，于是绣花姑娘就捉了这些鸡回村，分给村里人饲养。

财主见绣花姑娘活着回来，而且长得比以前更加美丽，又起坏心，再生一计。他限绣花姑娘在半天内绣出一对活的公鸡、母鸡，否则，就要做他的侍妾。凡人怎能绣出活鸡？绣花姑娘见这回过不了关，一边祈祷苍天保佑，一边拿起黄色丝线绣起来。不到半天，一对公鸡、母鸡绣出来了，它们全身金黄，栩栩如生。绣花姑娘用针指着这块绣出公鸡、母鸡的布说："财主心，黄蜂针，害得我，无法生。公母鸡呀公母鸡，请你们变成一对活生生……"话没说完，只见屋门口红光闪闪，飞来了一对草头鸡。草头鸡张开翅膀，蹦跳起来，对绣花姑娘说："姑娘，我们替你去报仇！"说完，就向财主家飞去。这时，财主正好躺在床上呼呼大睡。草头鸡跳上床，狠命地啄他的眼睛，直到把财主啄死，才飞回绣花姑娘身边，欢唱蹦跳，定居下来。

从此，公鸡报晓，母鸡生蛋，世代繁衍，全县各村都有这种草头鸡。

后来，龙门人经常用竹笼装着草头鸡，到广州、中国香港等地出卖。草头鸡虽是家禽，但具有山禽风味，销路特别好，又因它们产在龙门，嘴边长有胡须，所以又叫“龙门胡须鸡”。

讲述者：吴其辛　男　65 岁　龙门县左潭镇村农民　小学
采录者：罗振球　男　38 岁　龙门县文化馆干部　大专
采录时间：1986 年 5 月
采录地点：龙门县

东江河蚬

很久以前，外地一个很有名的眼疾医生，带着徒弟，千里迢迢来到惠州行医。

这个医生医术高超，名气又大，每到一地，请他看病的人总是络绎不绝，使他的诊所门庭若市。可是，到惠州挂牌好长一段时间了，找他看病的人少之又少，诊所每天都冷冷清清。医生好生奇怪，为了弄清缘由，便到民间去走访。

几天过后，他一回到诊所，马上就吩咐徒弟收拾行李家当上路。徒弟问："干吗?"他说："走！离开惠州，在这里行医我们会饿死。"徒弟不解地问："为啥?"医生回答说："不用问了，走吧。"

徒弟收拾好行李家当，两人便离开了惠州城。路上，医生才把原委告诉了徒弟。

原来，惠州东江盛产河蚬，城里人十分喜欢吃。有的把蚬做成鲜甜的蚬汤；有的制成腌蚬，是惠州风味小吃之一；还有的将蚬肉取出来，可煮可蒸，是惠州人的常菜。

眼科医生对徒弟说："蚬有清肝明目作用，惠州人都喜欢吃它，所以患眼病的人就少了，既然这样，我们再留下去有何用?"

后来，东江的河蚬也成了本地的特产。

讲述者：张南礼　女　82 岁　惠州市西湖下角居民　小学
采录者：王宏政　男　47 岁　惠州市文化馆干部
采录时间：1988 年 2 月
采录地点：惠州市西湖下角

硇洲岛鲍鱼

相传很久以前，硇①洲岛海边北潭村有个渔民叫李望，身强力壮，靠在浅海捕鱼为生。有一年，天大旱，这一带

① 硇：读［nao］音，硇砂，一种矿物。

的海水像烧开似的那样热，连鱼虾也不敢来栖息。李望经常空网而归，生活很难过。一日下午，他又出海撒网，片刻后拉网，只觉得沉沉的，用尽力气才拉上船来。一看，却是一条百来斤重、头戴红冠的雌性马鲛鱼。鱼尾被条海蛇咬住，眼里流着泪，嘴一张一合，似是在求救。李望虽然几天捕不到鱼，但是见它的可怜相，便把海蛇打死，将马鲛鱼放回海里。那马鲛鱼向他连连点头，然后潜进海底去了。

当晚，李望回到家里，把蛇煮熟下酒，喝得醉醺醺的就上床睡了。刚入睡，当日捕鱼的场面就出现在梦里：网一撒，一网拉上船，他把蛇打死时，马鲛鱼却摇身一变，化作美女说道："你是我的救命恩人，我要报答你，你要什么？"李望道："我要一种鱼，能固定在海里生长，随时可捕捉，这就行了。" "我回南海告诉父王，送给你吧！"

李望惊醒，却是一场梦。

第二天，李望照常去打鱼。忽然乌云滚滚，暴风骤雨骤起，船也被撞沉了。他拼命地抓住船橹漂到海滩一个沙丘上，只见沙滩边有只似蚝的东西黏在小石柱上，便伸手去摸。"哈，哈！"随着笑声，一个姑娘站在小石柱前，把李望的手按住道："你的心多好啊！"

李望抬头一瞧，惊震一下，把手缩回，见这个姑娘，似梦中见到的一样，便问："你是什么人，怎么会到这里？"

“我是南海龙王的七女儿，名叫龙七娘。昨天我贪玩，游到硇洲岛海边，被蛇咬伤，是你救了我，现特来向你报恩。这东西叫鲍鱼，是我送来的，我要跟你一起过日子。”

“不能，我是穷打鱼郎，没办法养活你。”

龙七娘指着小石柱上的鲍鱼，说道：“我跟你回家去，把这些鲍鱼放在深水处，它就会自生自长，到时去采，便可赚钱过活，连众乡亲也会富起来。”

“好，你教会了我，过一两天你就返回南海龙宫去吧。”

“我不能走，这些鲍鱼要用阴阳水淋洒才能活呢！”

“什么是阴阳水？”

“新婚夫妻俩合起来的小便。”

“难呀！村里七八条汉子还没成亲呢！去哪里弄？”

“我们成亲，那就有啦！”

李望为了把鲍鱼养活，改善乡亲的生活，于是便答应了她。

他俩回到村里，村民都围过来。趁此时，李望将遇险和龙七娘救他、为乡亲送来鲍鱼的事一一讲了。他俩带着渔民到硇洲岛附近的水面，把鲍鱼投进海里。过了一段时间，这一带海域都长满了鲍鱼。到了采鲍时节，龙七娘又将潜水采鲍方法以及食法、晒干、药用等都教给了乡亲。这些鲍鱼纤维细嫩，肉厚爽脆，鲜甜可口，送到市场上，商客抢着买，很快便被选送皇宫。从此，硇洲岛鲍鱼名扬中外。

李望死后，龙七娘也返回龙宫去了。岛上乡亲说：有时深夜，还听到“呜呜”的海啸声。这是龙七娘指使虾兵蟹将巡逻鲍鱼场时发出的，以此吓跑其他海妖，使鲍鱼安全繁殖。

讲述者：邓亚畴　女　84岁　湛江市农民　不识字
采录者：卢永儒　男　47岁　湛江市电信局　大专
采录时间：1988年6月
采录地点：湛江市霞山区

吴阳沙螺

在吴川县鉴江入海口处的河沙中，生活着一种褐色的扁长形蚌类，当地人叫它沙螺。

春秋时期，吴国打败了越国，越王勾践被迫到吴国为奴。越国大夫范蠡决心用美人计乱吴，以帮助勾践灭吴复国。他在浣纱溪边遇见美女西施，两人志同道合，一见钟情，为报国仇，范蠡割舍己爱，亲送西施到吴宫。

西施迷惑吴王夫差，使勾践得以离吴返越。经过十年卧薪尝胆，勾践终于打败吴国，在越兵攻下吴都姑苏时，勾践欲载西施归越。勾践夫人深妒西施之美，便派人沉西施于太湖。范蠡紧随西施之后，救起西施，圆了相会太湖的梦。勾践差人追寻范蠡和西施，不料他俩已南逃，一直来到鉴江口。

南海龙王得知西施到来后，派龟丞相告知范蠡，要他即送西施到龙宫为妃子，否则就会船破人亡。范蠡和西施痛恨海国人间同煎迫，决心以死相拼。龙王带领虾兵蟹将来抢西施，西施取出从吴宫偷来的莫邪、干将两把宝剑，同范蠡各执一把与龙王大战。利剑所指，鱼虾蟹鲎不死即伤，龙王狼狈而逃。

后来，龙王派鲸、鲨等大将再次来抢西施。但鲸、鲨惧怕西施的利剑，只在远处鼓浪。一时巨浪排空，浪花飞天。

小船不堪浪击，从头至尾断为两半，沉海后被沙埋没。两半船体合成一个空间，变为两片沙螺壳。西施的身体化成了沙螺肉，范蠡决心同西施生死相依，长伴不离，变成了沙螺体内的一个小螃蟹，当地人叫它沙螺牛。两把剑鞘后来变软，变成了沙螺的两条肉带。

西施的生日在农历正月，因为过生日要有好东西吃，所以沙螺在正月最肥。当地人说“正月沙螺二月蟹”，就是说正月螺肥、二月蟹肥。

西施生性良善，惜老怜贫，因而每到饥荒时年沙螺就生发得特别多。当地有“饥螺饱蚬”的口头语。沙螺肉滋阴润肺，和韭菜煮汤食用，对治阴虚咳嗽有奇效。

讲述者：谭启荣　男　74 岁　吴川县退休教师　高中
采录者：谭桂荣　男　40 岁　吴川县计生办干部　高中
采录时间：1988 年
采录地点：吴川县吴阳

民安灶蟹

八仙开过神仙会后，吕洞宾到南海一游，开口问铁拐李借件法宝。

铁拐李道："要毛驴，还是铁拐杖？"

"不，我想借你的宝葫芦。"

“好，给你用三天，正好是人间三年，够了吧?”

吕洞宾点点头，接过宝葫芦，便腾云驾雾而去。一天傍晚，吕洞宾来到雷州东海岛，按下云头，变身道士，进村找了户人家叩门。见一老人开门出来，便问：“老爹，有什么吃的么?”

“这里天旱一年了，地裂海热，种不了庄稼，捕不了鱼，吃啥?”

“你们怎么不向龙王求雨?”

“求了，但求不到!”

“给我点吃的，待我帮你们去求!”

老爹从厨房里端出吃剩的两条番薯和一碗稀粥来。吕洞宾吃后，便说：“好，我明天给你们求雨。”

翌日，只见海边沙滩上，香火萦绕，祭品满地，烧猪、熟鸡、熟鸭飘香，数千男女跪在热沙滩上祈祷，有个道士边念咒边舞刀叉，弄了半天，滴雨不下。

吕洞宾看了，道：“老爹，求雨要送这么多东西给海龙王?”

老爹叹道：“雷州的海龙王，贪得无厌，每年都要上贡大批礼品，每年还要增加一件新的才肯下雨，今年又逼我们加一些美女，这怎么行?”

“老爹，这些贡品让大家吃掉，我保证为你下场雨。”

“你能吗?”

“当然。”

老爹向大家挥挥手道：“大家分吃了吧!”

沙滩上跪着的饿得发慌的人们一拥而上，把各种贡品分吃一空。

“好，我求雨了，大家不用怕，我求的是神雨，淋湿身也不会生病。”吕洞宾说罢，把宝葫芦的盖一揭，“着”地喊了一声。海水变成一条水龙，钻进了宝葫芦里，他把盖压紧，说道：“我把雷州的海水，抽了一半进葫芦里，等一下就会变成淡水。”约半刻钟，他把盖一揭，“着”地一声，一条小水龙冲上了天，顿时，天昏地暗，哗哗啦啦地下了一场大雨，乡亲们高兴得跳了起来，跪拜道：“多谢道士！”

第二天，吕洞宾正想告别时，一个乡民急急闯进来道：“老爹，不好了，海龙王指使一批虾兵蟹将，冲杀上岸来了！声称要把那个弄雨的道士剁成肉饼，潮水也淹到村前，大劫临头了！”

吕洞宾道：“别惊慌。”话音刚落，领头的蟹将冲到门前，潮水也涌扑进来，喊道：“弄雨的家伙，赶快自绑……”

吕洞宾道：“好，看谁自绑！”他跳上了云端，拔了几根头发，往海滩一撒，变成万亩红树林。接着，打开宝葫芦，冲出一团真火，把潮水烧得热辣辣的，烫得那群蟹将呱呱乱叫。当潮水退到红树林时，这群蟹将便钻入红树林躲避，觉得这里甚是阴凉、舒适。自此之后，海蟹养成了一个习惯——跟着潮水涨退去寻食。长肥后，又回到滩涂红树林里蜕壳，等甲壳坚硬后再出海。吕洞宾当即教乡亲们在滩涂中顺着纵横交错沟渠边挖成许多灶穴。当海蟹跟着潮汛回来，爬经这些灶穴时就会钻进去，还用蟹足扒出泥堵住灶门，自以为安全得计。哪知道潮水退后，吕洞宾便领着众乡亲到滩涂找着灶穴，挖开灶门，钩出一只又一只浑身是泥的肥蟹来。自此，这种捉蟹的妙法就成为当地老百姓的一门生意。

老爹和乡亲们挑着一担担肥蟹上市，换了钱，买了米，不愁吃穿了，就请求吕洞宾道："老道士，这捉蟹方法是你教的，请起个名吧！"吕洞宾想起宝葫芦的借期还有一天，正想到南沙、西沙去一游，晃身便不见了，只听见他的声音在上空回荡着："老爹，现在你们可以捕蟹为生，有钱有粮，民心安稳了，那蟹就叫民安灶蟹吧！"

从此以后，东海岛的民安灶蟹便远近闻名，成为盛宴中的珍肴。

讲述者：卢德修　男　68岁　湛江市农民　小学

采录者：卢永儒　男　46岁　湛江市电信局　大专

采录时间：1987年6月

采录地点：湛江市霞山区

李众胜堂的保济丸

清代，佛山镇附近，有一条白石长街，叫做文明里。街内住着一户人家，夫妻二人，膝下无儿，单靠卖草药凉茶为生。这家主人名叫李兆基，为人和蔼可亲，乐善好施，夫妻俩平日省吃俭用，淡饭粗茶，但遇上别人有难处，必乐意相助，尽力而为。街坊或行人如有肚痛头昏之类小病，便赠以草药或送上凉茶，分文不取；有孤寡老人残年去世或穷人遇丧无钱殡殓，也乐意施与棺木，操办后事，故深得街坊邻里的敬重。

有一天夜里，李兆基做了个梦，梦见有一位长须老人，身背宝剑，手托药葫芦，笑眯眯地向他走来，对他说："你一生乐善好施，有副好心肠，只是钱少力薄，往往不能如愿。我如今教你一个药方，制成药丸出售，可了你普济众生之愿。"说罢，从药葫芦中拿出几粒小如珠子的药丸给李兆基，然后便飘然而去。第二天，李兆基一觉醒来，梦里之事仍历历在目。试回忆药方，竟可背诵如流，点滴不漏。忆起梦中老人，更觉十分面熟。李兆基好生奇怪，便将梦中之事告诉妻子，两人细细想来，不觉恍然大悟。啊！那赐药方老人，不正和我家供奉的吕祖先师吕纯阳一模一样吗？于是按吕祖所赐药方制成药丸，取名为"普济丸"，在文明里小店内出售。普济丸的药效果然灵验，凡用药者药到病除，且价钱便宜，使用方便，为群众所乐用。

李兆基始创了能医百病的神药的消息，很快传遍佛山镇，普济丸之名不胫而走。文明里小店真是门庭若市，生意兴隆，几乎被买药顾客挤爆。后来，李兆基在祖庙大街置了大宅一间，立店号为"李众胜堂"，专营普济丸。生意越做越兴旺，李兆基也渐渐富裕起来，成为当时佛山成药业的佼佼者。但李兆基夫妻俩的为人仍一如既往，乐助于慈善公益。当时祖庙大街是通往祖庙的唯一大道，来往行人川流不息，遇有神诞吉日，到祖庙烧香参神、求签祈福的善男信女更是熙熙攘攘，热闹非常。李众胜堂的门口常设一个普济茶箱，供来往行人免费喝茶。人们都喜欢到此歇脚，喝碗凉茶，顺便买包普济丸居家防病。李兆基常捐资修桥整路，开办义学，还购买了房屋数间，低租或免租给孤寡老人和贫苦人家居住，施药施棺更不在话下。

光阴似箭，日月如梭，李兆基夫妇不觉已近晚年，想到膝下无儿，苦心经营的李众胜堂将来无人继承，总觉得是件遗憾事。

一年夏天，李夫人突然感到身体不适，吃药也总不见效，李兆基焦虑万分。又过了数月，不料李夫人居然产下一男儿。夫妻二人本以为李家注定绝后，如今晚年得子，真是喜出望外，便给儿子起名为赐豪，取天赐英豪之意。民国初年，李兆基无病而终，出殡时街坊邻里送一挽联，上写："炼药丸济众生功在人间，抚树忽令忘兆伯；育英才兴义学泽留禅镇，买丝还尔傍平原。"

十多年后，赐豪长大成人，继承了父业，更秉承父亲的美德。为诫励自己不忘慈善济世的宗旨，赐豪将普济丸更名为保济丸，加倍悉心经营李众胜堂。自此，保济丸更远销国内外，闻名于世界各地。

讲述者：区瑞芝　男　87岁　佛山市　中学
采录者：余婉韶　女　46岁　佛山市文化局干部　大专
采录时间：1983年
采录地点：佛山市

蔗糖的来历

很久以前，有一年天大旱，竹子开花，闹饥荒。有姓马和姓邓的两家人，逃荒到新会潮、荷一带。

有一天，姓马的实在饿得慌了，来到河滩堤围上，打算挖些芦苇根回去充饥。他走了几里路，已有气无力，又饥又渴，随手折了一棵貌似芦苇又比芦苇粗壮、秆高有节的植物咀嚼起来，这棵植物的汁水又多又甜，十分可口。

他嚼了一根又一根，三根到肚，止渴充饥，精神了很多。见沙滩河堤的芦苇丛中，稀稀疏疏长了不少这样粗壮的“芦苇”，便挥刀斩了一大捆，扛回家去，给家人充饥。因此“芦苇根”味甘汁甜，就称它为“甘蔗”。

姓马的人家，自得甘蔗之后再不愁挨饥受饿了，进而想把甘蔗汁储存下来。于是全家出动，晨出晚归，把甘蔗斩运回来，切成小根，用舂米石坎捣烂，取汁煮沸，准备冷后用瓦罐储存。在这个过程中，姓马的发现煮过的蔗水更加香甜，便一直煮下去，直到浓缩成一种糨糊状的糖糊。

一日，姓邓的来马家闲聊，姓马的端来一碗自制糖糊招待。姓邓的一尝，拍腿叫好，赞不绝口，无意中把放在灶头的一碗蚬壳灰撒进糖糊锅里。他可慌了手脚，幸好主人在门外，便随手拿起烧火棍在锅里搗和，免得被主人发现，然后匆匆告辞了。

万万想不到，姓马的糖糊被姓邓的用含石灰质的蚬壳灰混合后，变成一锅半透明状的东西。姓马的见了，十分惊奇，又喜出望外，估计是姓邓的所为，找来姓邓的问，姓邓的只好实说原委，连声道歉。姓马的觉得奇怪，姓邓的为自己做了好事，为何反而声声道歉？他把自己如何找到甘蔗、煮成糖糊的经过，一五一十告诉了姓邓的。两个人虽然说不出其中原因，却因此想到一条生计，都十分高兴。

马、邓两人商议之后，决定两家人同心协力，一齐出动。一边煮制蔗糖，一边挖来甘蔗头种在地里，朝夕施肥锄草。甘蔗长得更好了，制糖业也从此发展起来，从家庭小量煮制到搭寮大量煮制。

过去，加工蔗糖的作坊叫糖寮。甘蔗在开榨之前，都要在糖寮内显眼的地方设一神位，写上“马邓先师”，当做神明敬奉。

讲述者：李长贵　男　65岁　新会县荷塘镇皇湾农民　小学
采录者：文　军　男　50岁　新会县文化馆干部　大学
采录时间：1987年
采录地点：新会县荷塘镇

陈太吉米酒的传说

相传清代道光年间，石湾附近有一个陈族聚居的村子，叫做莲塘村。村中有个叫陈大吉的中年男子，继承了祖宗留下的几亩田产，与家人耕种度日。有一年风调雨顺，获得了好收成。他想：今年稻谷有余，我何不变通变通，想个生财之道呢？他苦苦思索，终于想出一个酿造米酒的门路，于是便筹办起来。

村里人得知大吉要做酿酒生意，都纷纷劝说道："你家世代为农，耕种是把好手，何必去做那以'水'为财的生意呢？"大吉一心要试试能否小本生大利，于是便到石湾租了间大宅子，前为铺面，后作酒坊，取名为"陈大吉酒庄"。经过一番筹备，酒庄终于可以开张了。但是大吉心里总觉得不踏实，生怕白花花的米粒真化成了水，血本无归。酒庄开张那天大清早，大吉到石湾最有名的神庙烧香许愿，求神保佑他事事如意，生意兴隆。他虔诚地双膝跪地，一声声地祷告，一次次地磕头，也不知道磕了多少个响头，祷告的话也算不清说了多少，这才觉得踏实了一些。这时，大吉忽然感到两腿发麻，头昏目眩，连忙以手托着前额，好让自己定定神。"哎哟，好痛！"大吉叫了一声，定睛一看，只见那手上全是鲜血。原来是方才磕头太用力，把额头给磕破了。大吉心里一阵发凉，一种不祥之兆涌上心头，心想：今天我的酒庄开张，一心想图个吉利，谁知生意未做头先破，这该如何是好？他急得两眼发直，差点昏过去。

附近有位秀才正好路过庙前，见此情景，问明缘由，深表同情，但一时又想不出安慰的话。见大吉头上仍在流血，便掏出一方白手绢，替他擦去头上的血。秀才是个聪明人，拿着被鲜血染红了的白手绢，便对大吉说："恭喜恭喜，先生好运来了。"大吉正在发呆，猛然听说恭喜，以为是那秀才取笑他，既羞愧，又难过，扭头便走。秀才连忙赶上前去，递过手绢，笑眯眯地对大吉说："先生今天头上出红，这正是红运当头啊！"大吉一听，觉得也有道理，便转忧为喜，连忙谢过秀才，赶回去开张。

在店铺门口，大吉高高兴兴地托起"陈大吉酒庄"的招牌正要挂上，转念一想，我大吉今天红运当头，头上已添了块红的，何不在这招牌上也添上一块，不就把好运应在这酒庄上了么！他连忙找来笔墨，在"陈大吉酒庄"的"大"字上添了一笔，成了个"太"字，陈太吉酒庄就这样开张了。从此，大吉努力经营，事事如意，生意果真逐渐兴旺起来，成为当时酿酒业中的佼佼者。陈太吉这个老铺号，在广东佛山一带更是无人不晓。

讲述者：陈　垛　女　81岁　佛山市居民　小学
采录者：余婉韶　女　46岁　佛山市文化局干部　大专
采录时间：1984年
采录地点：佛山市

五华红曲

五华县转水练溪洞莲塘坑是个盛产红曲①的地方，到现在已有三百多年的历史，这里流传着一个因制作红曲打

① 红曲：用来酿酒的酵酶。

县官的传说。

当时，由于制作红曲是以特选的优质水稻为主要原料，制成的红曲格外深红，酿出的酒格外香醇，喝过这种酒的人格外耐醉。时间一长，制曲越多，酿酒之风越盛，方圆几百里的百姓都指名要莲塘坑的红曲来酿酒。

清朝官府横征暴敛，兵匪官绅层层盘剥，老百姓有苦难言。但是，官府并不认为是横征暴敛造成百姓的贫穷困苦，反而认为酿酒耗费了大量的粮食，造成官府捐税难收，又使百姓一日三餐汤汤水水过日子。因此，官府屡出告示，禁止做曲。

有一次，县太爷闲着无事，在酒足饭饱之余想到乡下去散散心，顺便体察一下民情，了解一下莲塘坑的做曲情况。为此，县太爷传话下去，此次下乡不用执事，以步代轿，微服出访。

他们一行几人，走走停停，不知不觉来到莲塘坑。当县太爷看到他辖下的子民无视官府的禁曲告示，继续生产红曲，早已憋着一肚子气。当他走到朱时若家，看到红曲生产更是红红火火，便火冒三丈，当场喝令停止生产。朱时若不知是县官出访，人粗话也粗，言来语去，县官恼羞成怒，吩咐衙役拿来木棍去搅发酵的红曲。这时，朱时若也被激怒得七窍生烟，抢过木棍，横扫过去。县太爷便以殴打官吏为名，要捉拿朱时若治罪。

朱时若粗通文墨，心中不服，告到州府。过堂时，知府问及红曲用的是何种原料时，朱时若便把随身携带的

“霞哺”[1] 交给州官，诉说红曲并非稻米所制造，而是风餐露宿的山畲之粟。州官当堂品尝“霞哺”，味道苦涩，与稻米的味道确实不同。这个五谷不分的州官，便信以为真，允许朱时若继续生产。县官无奈，只得另找借口，处处刁难朱家。朱时若为避麻烦，不得已迁往广西柳州安居。然而红曲制作工艺却在莲塘坑代代相沿，流传至今。

讲述者：朱炳祥　男　60 岁　五华县莲塘坑农民　从事制曲
采录者：廖传扬
采录时间：1986 年
采录地点：五华县莲塘坑

① 霞哺：当地俗语，指用稻谷做的酿酒酵酶，叫红曲。

龙江煎堆

顺德的龙江煎堆，香脆酥化，远近驰名。关于它的来历，有一段传说。

很久以前，龙江只是一个人口不多的乡村。有一年除夕夜，村里家家户户正在吃团圆饭，突然狂风大作，飞沙走石。风沙中蹿出一只巨型怪兽，发狂似的冲进村民住宅，见人就咬，逢人便撕，随着一阵阵撕裂人心的惨叫，地上已躺下了十余具血肉模糊、内脏裸露的无头尸体。幸免于难的村民，个个惊恐万状，紧闭门窗，祈求佛祖保佑。天亮后，几个胆大青年从门缝里偷偷窥视，见怪兽已去无踪影，才出来召集村民一起埋葬尸体，商量对策。内中一位白发老翁战战兢兢地说："这怪兽叫'连'，性情凶悍，力大无穷，门牙像铡刀，双爪似利剑，先扯人肺腑，后吃人头颅，百年前村里连续两年遭祸，现在又大难临头了。"说罢悲恸欲绝，泣不成声。众人听后，吓得面如土色，不知如何是好。

这时，人群中有个名叫阿堆的精壮青年，擦干眼泪，悲愤地说："我们不能白白等死，一定要铲除怪兽，为乡亲报仇！"众人纷纷赞同阿堆的意见。

怪兽力大无比，不可力敌，只能智取。

阿堆和几个老人商议在来年用禾草仿制人身，用面粉塑成有眼、耳、口、鼻的人头，里面用掺了烈酒的鲜肉做馅，放进猪油锅炸香，再画上眉眼，披上假发，嵌在套了衣服的草人身上，以此引怪兽上钩。

转眼又到了第二年除夕夜，村中早早做了准备，家家关门闭户，只留假人在门外。入夜时分，狂风呼啸，怪兽果然又蹿来了。只见它张牙裂齿，舞动双爪，朝着一个个假人腾空扑去，只一会儿，十余家门前的草人头已被吞食精光，草人也被撕得粉碎。怪兽饱餐后，舔舔舌，正要离去。突然烈酒发作，怪兽东歪西倒，跌跌撞撞走了几步，便醉倒在地上。守候在暗处的阿堆等人见状，立刻提刀持矛，从四面蜂拥而上。走在前面的阿堆，紧握锋利鱼叉，一声大喝，拼尽全力，猛向怪兽头上刺去。怪兽被这突如其来的声音惊醒，一仰，鱼叉正刺在耳朵上。那怪兽受了伤，一声吼叫，四脚腾空，扑向阿堆。阿堆敏捷地倒退几步，扑了空的怪兽被激怒，两眼闪着吓人的青光，突然又一跃而起，凌空向阿堆扑去。说时迟，那时快，阿堆顺势把鱼叉对准怪兽前胸狠命刺去。怪兽大吼一声，血如泉涌，从空中倒栽下来，鱼叉也断成了几截。阿堆怕怪兽不死，又扑上去握紧插在怪兽前胸的那截鱼叉，拼死往里扎，并呼喊着指挥众人上前刺杀。怪兽负痛，疯狂挣扎，一双长爪往阿堆的胸前乱抓，然后用力一推，将阿堆抛出丈把远。阿堆跌倒在地，血流如注。他强忍着疼痛，一边用手按着被扯出的肠子，一边呼喊着众人向怪兽猛刺。

众人在阿堆的鼓舞下，数十支长矛、鱼叉奋力刺向怪兽。怪兽酒后力怯，又受了阿堆的致命一叉，禁不住众人的轮番刺戳，身上留下无数的窟窿，最后一命呜呼了。

阿堆因流血过多，不久也死了。人们为了纪念他的英勇行为，每年岁晚，村人都制作“煎果”敬奉。后改用米花和糖为馅，易名“煎堆”。

采录者：徐国芳　男　59岁　教师

采录时间：1987年6月

采录地点：顺德县大良镇

白云猪手

白云猪手为沙河镇的名牌菜式之一，是把猪手[①]煮熟，经白云山水浸泡，再加白醋、糖等作料精制而成，酸甜爽口，十分好吃。

① 猪手：广州人称猪的前蹄为猪手，后蹄为猪脚。

传说古时白云山有个寺庙，庙里住着些和尚。其中有个做饭打杂的小和尚，调皮活泼又馋嘴，不信佛门清规戒律那一套。他出身贫寒，从小便喜欢吃猪肉，但家里没钱买，出家后又是做杂工，为和尚煮饭，就趁此便利，上街买菜时省下了一些银两，买些荤菜回庙里偷偷煮着吃。因银两不多，只能买些最便宜的猪手、猪脚之类，等其他和尚一出门，他便可开荤了。

有一天，师父和几个师兄又要下山做法事，小和尚十分高兴，等他们一出门，便偷偷下山买了几斤猪手回来，放在锅里煮，准备美美地吃上几天。谁知有个大和尚拉肚子，突然回来了，小和尚心里一慌，便把猪手全扔到寺后泉水里去了。幸好扔得快，那个大和尚也没有发现什么。又过了几天，大和尚病好了，便又外出。小和尚才想起扔到山泉里的猪手，赶忙捞起一闻，没有变坏。他想：在水里浸了这么久，虽然没发臭，肯定也不新鲜了，可是扔了又可惜，于是便买了些糖和白醋来煲。岂知猪手被白云山泉水泡了几天，油脂都被溶解了，煲好一尝，不肥不腻，又爽又甜，醒胃可口。小和尚又惊又喜。于是，凡寺庙和尚外出，小和尚便在庙里大饱口福。

后来，这种用糖和醋煲猪手的菜式传到民间，人们便争相如法炮制，成了很有特色的广东名菜。

讲述者：谢容带　男　56岁　广州市郊区沙河镇干部　小学
采录者：姚瑞英　女　31岁　广州市郊区沙河镇文化站干部　高中
采录时间：1979年
采录地点：广州市郊区沙河镇

鸡仔饼

广州河南成珠楼，是在清朝乾隆年间开张做茶楼的。相传到了咸丰年间，广州河南有潘、卢、周、叶、伍五大豪绅。成珠楼是由这五大家族之一的伍紫恒经营，他家有一个婢女，名叫小凤，顺德籍人，生得蛾眉凤目，聪明能干，心灵手巧，很受主人的喜爱。每当茶楼师傅下厨制作点心或煮炒菜肴，小凤便留心在旁看着，暗暗学习技艺。日子久了，她也逐渐学会一些厨艺。

咸丰五年八月，时值中秋。有一天，伍紫恒家里来了几个客人，宾主坐下，送茶递烟寒暄一番之后，主人便叫下人端上点心待客。适巧家中没备点心，家厨又外出未归，当着贵客的面，伍紫恒不知如何是好。忽见小凤在旁站立，忙叫小凤下厨做一款点心以应急。

小凤下厨后灵机一动，把家中常储存的惠州梅菜连同五仁月饼馅搓在一起，加上胡椒粉做成蛋形的小饼，烤脆，拿给客人品尝。小饼入口，其味独特，又香又脆，客人啧啧称赞，问道："此饼叫何名？别有风味，我从未尝过。"

主人望着小凤，心里沾沾自喜，随口说："小凤饼。"

此后，"小凤饼"就成为伍家招待客人的常备点心了。

"小凤饼"又经成珠楼的厨师不断加工精制，逐渐定型，并以其特有风味行销海内外。由于广东人常称"鸡"为"凤"，又因其商标以一只小鸡为图案，后来人们就把"小凤饼"俗称为"鸡仔饼"了。

采录者：吴塞卿　林小华
采录时间：1987 年
采录地点：广州市

沙 河 粉

传说清朝末年，广州市沙河镇有一间名叫“义和居”的夫妻小店，卖白粥、油条和饭食。店主樊阿香为人忠厚老实，秉性善良，左邻右舍的穷苦人家有时实在揭不开锅，他也周济一碗半碗粥饭。

有一天，沙河镇来了一个老人，衣衫褴褛，看样子是远道而来的。他走到“义和居”门口，实在走不动了，便在门口的大石上歇下来。阿香走上去一看，老人已饿得直冒虚汗了，连忙叫妻子盛了一碗粥让老人吃。可是老人却摆摆手，有气无力地说：“我没钱。”阿香说：“老人家，饿成这样了，吃吧，我不收你的钱。”老人这才把粥喝了。从此，老人就在沙河镇内的一个破庙里安身。每天，等“义和居”收市了就到店里讨粥饭吃，阿香夫妇也从不嫌弃他。老人和阿香夫妇熟了，有时也指点他们一些做菜的方法，使店里卖的饭菜味道越来越好，光顾的人也多了。

就这样，过了好长一段日子。

一天中午，“义和居”收市了，老人又来到店里，却不见了樊阿香，觉得奇怪，就问阿香的妻子：“阿嫂，老板呢？”阿香的妻子说：“他病了，正在里面躺着呢。”原来，昨晚阿香吃了些上火的东西，又着了凉，有点发热，头重脚轻，正在里屋休息，听见老人的声音，便走了出来。妻子见了，忙问：“你好些了吗？想不想吃点饭？”阿香摇摇头。妻子又问：“那就吃点儿糕吧？”阿香又摇摇头，说：“胃口不好，喝点儿白粥算了。”老人却说：“喝点儿粥水怎能顶肚呢，不如蒸粉吃吧。”这倒引起了阿香夫妇的兴趣，忙问他怎么蒸。老人便教他们磨好米浆，找来一个窝篮，在上面均匀地倒了薄薄的一层米浆，然后拿去大锅里蒸。不一会儿，米浆就成了蒸熟的粉皮，老人把它揭起，切成条状，再拌上油盐香葱等佐料，两碗香喷喷的米粉便做好了。樊阿香一尝，十分可口，就问这些米粉叫什么。老人说："这是试着蒸的，还没有名字呢。"阿香的妻子便说："这粉是在我们这个地方创制的，不如就叫沙河粉吧。"阿香和老人也齐声叫好。阿香说："老人家，你一身本领，以后别住破庙了，就在店里住吧，也好指点指点我们。"可老人只是笑了笑，吃完饭又走了。第二天，阿香做了些好酒菜，准备答谢老人。可是日已过午，老人还未到来，阿香便到破庙去找，老人已经不见了。

此后，"义和居"就改为专营沙河粉。由于白云山水质优良，用它制成的沙河粉又薄又韧、细滑可口，本地居民、过往商客都喜欢光顾，因而生意十分兴隆，规模越做越大，许多小店也争相效仿。如今沙河粉已成了广州的一味特产，远近闻名。

讲述者：谢容带　男　56岁　广州市郊区沙河镇干部　小学
采录者：姚瑞英　女　31岁　广州市郊区沙河镇文化站　高中
采录时间：1979年
采录地点：广州市郊区沙河镇

佛山盲公饼

一百多年前，佛山祖庙附近有间乾乾堂，门前摆着一张桌子，墙上贴着“占卦算命”四个大字，这是盲公何声朗的夫妻档口，前来算命的人还不少。

年过一年，来祖庙上香的人络绎不绝，而这个档口却慢慢冷清起来。靠这个职业糊口的何声朗夫妇，不禁愁容满面。

“怎么办，是北帝不保佑，还是家乡风水不发?”何声朗妻子一边拨开人家送来的冷饭，一边发牢骚。

“你有没有想过，人越来越少的原因是什么？不是什么北帝和风水，而是我们档口的环境，越来越不安静了。”何声朗抽着水烟筒说。

“有什么办法呢？上香的多是妇女，又带着小孩，嘈嘈吵吵。”妻子显得十分不耐烦。

“正因为我们哄不好这些小孩，妇人家坐着又等得不耐烦，才一个一个地走了。”何声朗若有所思。

“我们有什么办法哄小孩?”妻子在叹气。

“办法倒是有，不知你怕不怕麻烦?”何声朗说。

“饭碗都快要打破了，还怕麻烦?”妻子回答。

“你现在干什么?”何声朗又问。

“拨开冷饭好等明天有太阳就晒干储藏起来，不然日后怎么过。”妻子冷冷地说。

“我有个想法，今后不再搞什么秋收冬藏，把晒干了的冷饭全磨成粉，制成小饼。妇女来算命时，就用它来哄小孩吧，就叫做‘突颅饼’吧!”何声朗说着说着，不禁兴奋起来。

妻子听了丈夫的主意，茅塞顿开，两人便连夜动手，制了一批“突颅饼”。

第二天，情况果然改观，孩子不吵了，妇女们也安心坐着听算命了。久而久之，人们都忘记了“突颅饼”这个名字，只知道是算命的盲公给的，便都叫成了“盲公饼”。

“盲公饼”招徕了顾客，使得盲公夫妻更为精心制作。后来因为需要量的不断增加，他们便开始雇人专门制饼，并从免费送人改为定价出售。没料到这一定价，有些不占卦问卜的人也专程来买，竟然抢购一空。何声朗有了本钱后，遂结束了占卦生涯，雇请了几个伙计，选取上等的作料，在鹤园街开了一间何记饼店，大做盲公饼。佛山盲公饼的名字，也由此传扬开去。

讲述者：何松日　男　52岁　佛山市工人　小学
采录者：关健儿　女　51岁　佛山市文化局干部　大学
采录时间：1985年
采录地点：佛山市

佛跳墙

广州南园酒家有一道名菜，叫做“佛跳墙”。

据说明末清初的时候，广州有位达官贵人，非常讲究饮食，家里专门雇有高级厨师，三天两头摆酒设宴。真是山珍海味，飞禽走兽，御膳佳肴，都不足为奇。这人也真难侍候，吃鸡蛋要剔骨头，吃咸鱼要加豉油。总之，日日要换新花样，否则那张脸板起来，雷也劈不开。

有一天，他又要摆酒设宴了，便把厨师叫去，吩咐说：“不要老是那么几款旧陈皮，我都吃厌了，这次非得给我搞点新花样不可！”

那厨师在他家已经好几年了，什么拿手好菜都做遍了，怎么办呢？想了半天，也没个主意，唉，干脆给他来个“一品锅”！于是，厨师便把厨房里现有的鸡、鸭、鱼、肉、参、鲍、燕、翅，还有羊肉、狗肉、鸡肝、鸭肾、火腿、腊肉，以及生姜、葱蒜、冬菇、陈皮、腐乳、面豉、绍酒、酱油等，通通倒进锅里，又煲又炖，足足弄了一个上午。这些多是上好的名菜，经过几个钟点的炖煮之后，更是香味四溢，飘到几里外。

说来也巧，这官邸的隔壁是一座庙，庙里和尚平常不吃荤腥，乍闻到这特异的香味，一个个垂涎三尺。有个小和尚爬上墙来，四处张望，正好被厨师看见，吓得他一骨碌从墙上跳了下去。

开宴了，菜一上席，满室芳香，在座宾客没有一个不大加赞赏，便问起这道是何名菜。厨师想起刚才那馋嘴和尚跳墙的情景，脱口说道：“佛跳墙。”

就这样，“佛跳墙”的名声传了开去。后来，竟成了南园酒家的传统名牌菜，一直流传到今天。

讲述者：杜　洪　男　63岁　广州市海珠区洪德四巷居民
采录者：叶春生　男　39岁　中山大学中文系讲师　研究生
采录时间：1978年
采录地点：广州市海珠区洪德四巷

亚佗霉姜

许久以前，新会城有个驼背的单身老汉，由于身体有了缺陷，只能每天挑两箩生姜，穿街过巷叫卖。几十年如一日，以小本生意维持生活。

他为人老实，卖的生姜质地好，价钱比别人便宜，从来没有短斤少两，童叟无欺，因而十分畅销。家庭妇女每次需要，都特地等着向他购买，新会城百姓人人都称他“驼老实”。

有一年冬天，天气寒冷，驼老实的风湿性关节炎旧病复发，只好卧床在家，无法出门做生意；加上接连二十多天阴雨连绵，空气潮湿，他先前买回来的两箩生姜积压日久，全部霉烂了。驼老实眼看着这两箩霉姜，想到自己的小本生意就此血本无归，今后生活无着，不知如何是好。他思前想后，好不心焦！

沉思许久，驼老实终于在无法之中想出了一个办法：他把霉姜研磨成浆，上火煮熟，再掺入糖浆，混合在一起，制成一种姜糖，再切成小块，挑到市场去售卖。群众购买尝试，觉得甜辣适度，十分可口，而且老少咸宜，很是好卖。这样，一传十，十传百，购买的人越来越多，姜糖生意比卖生姜还要好。于是，驼老实便天天如法炮制，改卖姜糖。

驼老实死后，他家族中知道炮制方法的人，继续试制这种姜糖出卖，从此生意越做越大，从作坊加工扩展到设厂精制。后人为了纪念这位姜糖的创始人驼老实，就给姜糖取名为“亚佗霉姜”。

采录者：赵拱卿　男　72岁　退休教师　中专
采录时间：1987年
采录地点：新会县会城镇

黄圃腊肠的传说

据说清朝末年，黄圃圩上有个卖猪肉粥的固定档口，一向生意平稳。档主人称“老洪腥”①，一家大小，两餐也

① 腥：中山市土话，即先生之意。

算糊得住口。一年冬季，连续几天奇冷，无人上街吃粥，逼得他将准备应市的猪肉腌制起来。过了两三日，天气仍未转暖，看看腌肉不但没有变坏，反而有阵异香扑鼻。但不敢拿来煮粥给顾客食，恐怕坏了招牌，便想将腌肉晒干，自己分餐做菜食。但腌肉已切片，如就此晒肉干太麻烦了。老洪腥见有现成的猪肠在，便灵机一动，将猪肠掰开，将肉片切细粒，塞入肠衣内，用水草分截绑起来晒，果然方便。经过几天风吹日晒，肉肠干爽有香味，吃起来别有风味。以后，遇有同样情况便如法炮制。因他是做饮食业这一行，日久次数多，逐渐加以改进，便尝试外卖，果然大受欢迎。又因这种肉肠是在寒冬腊月经日晒风吹制成，故人们给它起了个名字，叫“腊肠”。

老洪腥见生意日渐兴隆，除留人在老家坐镇，又带着两个儿子到顺德陈村镇另开了一间腊味店。当时陈村系省内重镇，与佛山、广州、石龙等称为四大镇，万商云集，其中不少美食家，食过他制的腊肠无不认可，还买来馈赠亲友。于是一传十，十传百，惹得广州不少人自雇艇仔（当时广州来往陈村的唯一工具）棹去陈村采购他的腊肠。后来老洪腥见在陈村已立稳脚跟，又到广州去开店发展，以“黄圃腊肠”之名大肆宣传，招徕顾客。久而久之，黄圃腊肠便成了有口皆碑的特产。

讲述者：刘　满　男　68岁　退休工人　初中
采录者：彭欣然　男　68岁　退休工人　初中
采录时间：1987年10月
采录地点：中山市黄圃镇

柱侯酱

“三品楼，三品楼，啧啧人人赞柱侯；屈鸡、乳鸽、水鱼、山瑞、大蟮、猪头，样样皆一流。”这是佛山本地人和外地常来佛山的游人所熟悉的一首顺口溜。很多人追问：这些食谱为什么能独具一格，别有风味？其实并没有什么奥秘，主要是用了佛山特产柱侯酱调味而成。

相传在一百多年前，佛山郊区有间小饭店，食客来往十分频繁，原因是这个小饭店除了服务周到以外，还有最吸引顾客的菜谱，就是它所调制的鸡、鹅、鸭、猪等肉类菜肴，味道鲜美，咸甜适度，吃完总给人留下深刻印象，回味不已。原来，这个饭店有个师傅叫柱侯，他对做菜很有研究，别出心裁地把家里自制的豆豉，蒸蒸煮煮，制成一种酱料，用来调配肉类，味道甚佳，广受食客欢迎。因为食客赏识，又知道是柱侯师傅自制，就给起了个名字，叫做“柱侯酱”。后来，柱侯干脆自己开了个酱料店，再挑选一些上乘的黄豆、白糖、盐、芝麻、花生油等做原料，制出来的柱侯酱更为芳香，还把他的制作方法向外推广。柱侯过世后，人们就仿效他的方法制起柱侯酱来，一直流传到今天。

讲述者：许　放　男　40岁　佛山市饮食公司干部　小学
采录者：关健儿　女　51岁　佛山市文化局干部　大学
采录时间：1985年
采录地点：佛山市

西南抽油

西南[1]抽油是三水县著名的土特产，色、香、味俱佳，与豆腐干、杏仁饼同称为“西南三妙”。

① 西南：三水县城。

相传，在距今三百多年前，有一对夫妻，男的叫夏太，女的叫吴氏，从外乡流浪到西南。他俩人行乞街头时，随身携带一个破瓦坛子，常将吃剩的黄豆、米饭都倒在坛子里，留待日后充饥。有一阵，因行乞顺利，几天没动过坛子里的食物。后来一看，发现这些食物表面竟长出一层乳白色的绒毛，夏太吃了一惊，但又舍不得把食物倒掉，只好将坛子放在阳光下曝晒，想把食物晒干，好留作日后食用。

过了几天，坛子里飘出阵阵香味来。夏太和吴氏觉得奇怪，他俩一看，坛子里的食物不但没有晒干，反而淌着一层金黄色的汁水，便把食指伸进坛子里，蘸了点儿尝尝，好鲜美可口的汁水！他俩喜出望外，连忙把坛子里的汁水倒出来，与一起行乞的人分尝，大家都赞味道好香好甜。传说，这就是西南最早的抽油。

后来，经过漫长时间的加工提炼，西南抽油成了广大群众喜爱的调味佳品，至今仍为三水县的传统名产。

讲述者：李艳卿　女　41岁　三水县毛巾厂职工　高中
采录者：李广惠　男　三水县芦苞镇教师　高中
采录时间：1987年10月
采录地点：三水县西南镇

阳江豆豉

很早很早以前，在漠阳江下游，有一户姓豆的穷人家。当家的早死，剩下一妻一女，在一间破庙里栖身，靠沿门乞讨过日。人们也不知这豆家寡妇的名字，都叫她豆氏娘。

这年，阳江县遇上大旱，稻田失收，乡民只能靠旱地作物黑豆充饥。豆氏娘母女的日子就更不好过了，经常有一顿没一顿的。

一天，豆氏娘母女来到一个小山村，乞到一大碗煮熟了的黑豆。当母亲的想到乞食的艰难，于是让女儿吃过后，把自己的半碗留了下来，用破瓦罐装好，放在破庙角里，以防乞不到时再拿来充饥。

过了几天，豆氏娘外出乞食回来，打开瓦罐，发现前几天剩下的豆子已经发霉，长出白色的绒毛了。她舍不得倒掉，便拿去洗净、晾干，又放回瓦罐。这次，她怕豆子会烂掉，还加了一把盐进去。

半个月后，豆氏娘母女外出乞食回来，刚进破庙就闻到一阵奇异的香味。豆氏娘觉得奇怪，左闻闻，右嗅嗅，发现香味是从小瓦罐里发出来的，便打开一看，嘿，原来罐里的豆子变软了，也不再发霉了。用嘴尝尝，咦，一种从未尝过的香味，直往肚里钻。豆氏娘用这些豆子拌讨来的剩饭，觉得分外好吃。这意外的发现，让豆氏娘很是高兴。从此，母女俩乞来的豆类都用这个办法处理后再吃。

又过了几年，豆氏娘死了。她的女儿豆妹，由人介绍到一间教堂当厨娘。那些洋人，第一次尝到豆妹用泡制过的豆子蒸煮出来的菜肴，大为吃惊！天哪，这是一种了不起的佐膳佳品啊。于是要她把炮制豆子的方法讲出来，还准备用来就地开工厂，赚大钱。豆妹虽穷，却很有骨气。她平日不喜欢这些洋人，不肯告诉他们。口里答应着，当天就乘着买菜的机会离开了教堂。豆妹回到了当年母亲带她乞食的那个小山村，看见乡亲们家家户户都种着很多黑豆，就把母亲留下的方法传授给大家。从此，一传十，十传百，大家都学会了。豆妹死后，人们怀念这对好心肠的母女，就把用这种方法炮制出来的豆子叫做“豆氏豆”。传来传去，就传成为“豆豉”① 了。后来，这豆豉渐渐成了阳江的著名特产。

讲述者：冯春　男　48岁　教师　中专
采录者：冯峥　男　39岁　阳江县文化馆干部大专
采录时间：1985年
采录地点：阳江县

① 豆豉：一种用黑豆子加工而成的调味食品，广州方言“氏”和“豉”同音。

真假季芙刀

从前，阳江城南的良朝村住着一户铁匠。当家的姓梁，单名一个欢字。梁欢为人风趣，乡人称他为“怪欢”。

梁欢以铸造小刀度日。他铸炼出来的小刀，虽不比传说中的龙泉、干将，但也火候老到，锋利无比，更兼造型美观，所以人人喜爱，远近闻名。梁欢就用自己外号“怪欢”的谐音，给自己铸造的小刀起了一个商标叫做“季芙”。

梁欢有个特点，别的小刀铺每天造十把八把甚至几十把小刀，而他每天却只造三把。但他那三把小刀要卖的价钱，却相当于别人十把的价钱。有人对他说：“欢叔，你的牌子很有名，怎么不多做几把卖呢?”梁欢摇了摇头：“我的牌子响，是因为小刀好。要小刀做得好，每天就只能做三把了。”

梁欢的这番话一传出去，“季芙”小刀更有名、更好卖了。周围一些小刀铺竞争不过，竟冒充起“季芙”的招牌来。他们也在自己制造的小刀上铸上“季芙”的牌号，外形搞得比梁欢的更美观更精巧，一时间鱼目混珠，真假难分。梁欢对这些尽想歪门邪道兜销劣货的商人很气愤，决心治治他们，让顾客不再受骗。

转眼到了年关，乡人都赶趁晚圩。按当地习俗，这时人们都喜欢买上一把“大利”（小刀）图个吉利。可是，圩上卖刀的摊子，几乎清一色是卖“季芙”刀，不知哪一摊是真货哪一摊是冒牌货了。

正在这个时候，圩场角落里，有一个老头竖起了一面招牌，上面写着“不怕不识货，最怕货比货”。人们见了，一下子涌了过来。只听得老头宣称：他的小刀能压倒别人的刀，谁不相信，可以当场试验。有好事者当即拿起老头的一把小刀，挨着几个小刀摊子试起来。人们看见两把小刀互相割削，老头的刀始终完好无损，别人的则刃卷刀缺。几摊卖冒牌货的见势不妙，在人们的嘲笑声中收档溜走了，那老头的小刀却立即被一买而光。原来那个老头就是梁欢，从此“季芙刀”更出名了。

讲述者：冯　春　男　48岁　教师
采录者：冯　峥　男　39岁　阳江县文化馆干部　大学
采录时间：1985丰
采录地点：阳江县

海味为什么叫做盐（一）

远古的时候，在南海滨的一个渔村里，住着一个名叫阿盐的年轻人。一天，他下海打鱼，第一次撒网，捕到了五条二指大的鱼；第二次撒网，捕到了十条三指大的鱼；第三次撒网，在收网时，觉得网比前两次都重，他以为网

到很多鱼，谁知拉起网来一看，只不过是一条从未见过的五色小鱼。他惊异地看着，忽然，小鱼说起话来："盐哥，放了我吧！"阿盐吃了一惊，连忙问道："你是谁？"小鱼说："我是南海龙王的小女儿，因出来游玩，被乌贼王跟踪调戏，我逃上浅水，就落入你的网里，放我走吧！"

阿盐同情小鱼的不幸，把它放了。小鱼从水中探出头来说："盐哥，我没有什么报答你的救命之恩，请跟我到龙宫里玩一玩，好吗？"阿盐也想看一看龙宫，满口答应了。小鱼的尾巴一摆，拨出一条干干净净的路来，阿盐便跟着小鱼去了。

龙宫的墙是用蟹壳和鱼骨砌起来的，宫顶是用大鱼鳞盖的。宫门口，虾兵蟹将守卫着。这时，小鱼已变成一个漂亮的小女子，带着阿盐进了宫里。

龙宫的墙壁镶满珍珠，闪闪发光，照得宫里亮堂堂的。正中的殿上，坐着南海龙王。他的小女儿带着阿盐走上前来，把乌贼王如何调戏、追赶和阿盐如何拯救她的事一一详说。龙王开始热情接待阿盐，但他想起阿盐捕杀过不少水族生灵，态度就变得冷淡了，在吃饭的时候，只给了阿盐一大碗海菜。阿盐看着，很生气，本想不吃，可肚子饿得咕嘟咕嘟地响，便忍气吃了。"呀，很好吃！"阿盐一口气吃完后，觉得身上增添了力气，脸上的浮肿也消失了。他正在疑惑地想着想着……这时，龙王的小女儿看穿了阿盐的心思，便走上来说："盐哥，不要想了，我告诉你，龙宫的海菜之所以这么好吃，是在炒菜时放进了海味。人间没有海味，所以菜炒得不好吃，而且人吃了没有海味的菜，也会浮肿无力。”

阿盐要求去看一看海味。她说：“海味盛放在龙宫厨房的一个宝罐里，有虾兵守着，不许凡人接近。那个宝罐虽小，可是盛的海味足够把所有海水变咸。”说罢，她只带阿盐去看珠宝，而没有带他去看海味。

第二天，阿盐背起自己的鱼篓、渔网向龙王父女告别，龙王赠他很多珠宝，他一点也不要。龙王问他要什么？他说：“要海味。”龙王很不高兴地说：“海味是海中之宝，凡人哪能享受。”说着，即刻叫夜叉送阿盐出海。

阿盐闷闷不乐地离开了龙宫。忽然他心生一计，回头对夜叉说：“我要解手，你到前面等我。”

夜叉点头答应，阿盐立即隐到珊瑚丛后面，悄悄地回到龙宫的墙边，趁守卫宫门的虾兵坐在大蟹壳上打瞌睡，便拾起一只螺壳，对准那虾兵打去，虾兵受惊一跳，慌慌张张地走了出去。阿盐乘机跑进厨房，看见厨房的西北角放着一个罐子，罐子里面盛着一粒粒洁白晶莹的东西，阿盐知道这就是海味，端起来就往外跑。想不到，刚一起步就被虾兵发现，一蹦一跳地追过来。阿盐急忙撒开渔网，把虾兵网住。

这时龙王的小女儿赶来，阿盐向她求救，她念阿盐救命之恩，说：“我可以救你，但你须依我一件事。”阿盐问什么事，她说：“海味是龙宫宝中宝，你拿走海味，治好人们的浮肿病后，必须把宝罐送到海中间，好让它漂回龙宫。”阿盐点头答应，她便从口中吐出一颗避水珠送给阿盐，催他赶快离开。阿盐接过避水珠，翻过宫墙，逃了出来。

不料，龙王的太子带领虾兵蟹将在后面追来，乌贼王又在前面挡住去路，阿盐急中生智，便大声喊道：“乌贼王，你调戏龙王的小女儿，龙王派兵抓你来了，快跑！快……”阿盐的话还未说完，乌贼王就望见龙王太子带兵追来，他信以为真，立即喷出一大口浓墨，把海水染得一片漆黑。可是，乌贼王寡不敌众，被杀死了。

阿盐乘机逃跑，可是没跑多远，即被龙王太子的兵将包围。龙王太子伸手抢夺宝罐，阿盐死也不放，你争我夺，“砰”的一声，宝罐掉到海底跌碎了。龙王太子又气又急，就把阿盐杀了。

海味落在海水里，海水就变咸了。后来，人们为了纪念阿盐，就把从海水中提取出来的那些白花花的海味叫做“盐”。

讲述者：苏恩生　男　51岁　海康县雷城后园田医生　初中
采录者：谭明晃　男　45岁　海康县雷城二中教师　大学
采录时间：1988年8月
采录地点：海康县雷州城

海味为什么叫做盐（二）

也不知是哪个年代了，据说那时的海水还是淡的，南海边有个叫卤水婆的老寡妇带着儿子盐哥过日子。

盐哥长大后，见村里的人个个黄瘦无力，很是奇怪，就问母亲。卤水婆长叹一声说：“哎，孩子，原先我们渔家男女个个都是身强力壮，拳头打爆石头的，那是因为我们除了吃饭喝水外，还吃一种叫咸的东西。可皇帝说咸是‘上味佳品’，只能让朝廷的达官贵族吃。于是把我们的咸统统收归宫廷，装到一个瓶子里去了。”盐哥听罢，说了声“岂有此理”，当即别过母亲．翻山越岭走了九九八十一天，来到了京城。

皇宫守得好严，盐哥转了几天都不能接近皇宫半步，正在苦恼时，忽听得街上人声喧嚷，一打听，原来是皇上出榜要招厨子，盐哥甚是欢喜，上前就要揭榜。这时，旁边有个老伯一把拉住他，小声地说：“后生仔，你疯了？这饭是你吃的么？皇上嫌菜色不好，已经杀了九十九个厨子了。”盐哥想了想就问：“老伯，您知道这九十九个厨子弄的是什么菜式吗?”那老伯一一告诉了他。盐哥听了微微笑道：“老伯您放心，我有一味菜，管他吃了满意。”那老伯叹了口气，摇着头走了。

盐哥揭榜后，守榜士兵把他带进皇宫。皇上吃了盐哥的第一道菜，果然赞叹不绝。原来盐哥煮的是一盆没油没盐的野菜，吃了这苦涩的野菜正开胃哩。皇上于是把“上味宝库”的钥匙也交给了盐哥。

一天，盐哥见机会到了，乘着买菜的机会，把装着咸的小瓶揣在怀里，逃出了皇宫。走呀走，刚走到南海边，官兵就追了上来。“盐哥，你这小子不交出咸瓶，就叫你碎尸万段！”盐哥说：“交出咸瓶？我就是为这个瓶子才来的呢。”说罢，用尽了气力，把咸瓶扔进了大海。自此以后，海水就变成咸的了。人们为了纪念盐哥，把这种咸的东西叫做盐。

讲述者：冯观德　男　54岁　阳江县大沟镇盐工　小学
采录者：冯　净　男　39岁　阳江县文化馆干部　大专
采录时间：1985年
采录地点：阳江县大沟镇三丫村

金丝枣的传说

相传，老早以前，在乐陵城南一个村庄里，有一个大财主，他家有一片枣树林子。为了使枣不被人糟蹋，他雇了一个小伙计看管着。

小伙计十七八岁，很诚实，说出话来软绵绵甜丝丝的，人们就叫他甜哥。

这甜哥很勤快，在枣林子里搭了个草棚子，常年住在那里。

到了阴历六七月间，那些半熟不熟的枣子，被热风冷雨一扑打，总要落下许多。枣乡人管这些枣叫“落风枣”。这时，甜哥总要把那些“落风”枣挨个儿都拣起来，送给东家去喂猪。

又是个风雨天，甜哥照旧去拣那些“落风枣”，可走到园边上的几棵树下一看，根本没什么枣落下，只是在那泥水地上留下了许多光脚印。很明显，那些枣是被人拾走了。甜哥多了个心眼儿，他要逮住那偷拾枣的人，要不让东家知道了可不得了。

这天，刚下过雨刮过风，甜哥从草棚子里走出来，他发现在不远处的树下有一个人，正忙着拾那“落风”枣。

甜哥悄无声息地走过去，一看怔了，原来那拾枣的是个小姑娘，年纪和甜哥差不多大。那小姑娘见到甜哥，吓得要哭的样子，跑也来不及了，就对甜哥赔好话。

甜哥问：“你哪庄的？”

小姑娘说：“俺没家，要饭的。”

甜哥又问：“你住哪？”

小姑娘说：“西边那庄东头庙里。”

甜哥再问：“你叫么？”

小姑娘白了甜哥一眼，说：“你这人真是，打破沙锅纹（问）到底，俺没名，没姓，人家都叫俺蜜姐，你乐叫也行。”

甜哥见这小姑娘挺有意思，也很俊俏，更是让人可怜，就说：“蜜姐，我看你无家无业，东讨西要的也怪不容易，要是你乐意，就在这里一块儿跟俺给东家看枣吧，总比你在外边要吃强，你说呢？”

蜜姐一听也在理，就愿意了。

这么样，甜哥和蜜姐就给东家看枣林子。夜里，甜哥把自己的铺盖搬出来，在窝棚旁那棵大树底下铺一床草苫子睡觉，让蜜姐住进了窝棚。

好在两个人的岁数都不大，那男女之间的事也就谁也不去多想、多猜、多寻思，偶有不方便之事，谁也不在乎。他们好得像是一对亲兄妹了。

可是，他们毕竟是一对少年男女，随着年龄的增长，相互间的心事也就多了。这时候，蜜姐就像有谁在暗中打扮她一样，真是越长越好看，越长越爱看了。

甜哥原本说话就甜，只要看上蜜姐几眼，那话就格外甜出几分。他是爱上她了，可他不说，看蜜姐总是看不够。蜜姐呢，当然看出了甜哥的心思，可她不问，只是觉得他的话更甜了，听了还想听，听不够似的。

这样又过了些日子，还是蜜姐心思多，就想：看来俺两个是有缘分的，这甜哥心地也好，自己从心眼里也愿嫁他；可这里又没个媒人提，光这样憋在心里也不是个长法，倒不如捅破那层窗户纸。

这日瞅个空，蜜姐终于向甜哥说了心里话：“俺以后要嫁你！”说完，蜜姐就羞得跑到一棵枣树后边。

两个人就这样自定了终身。甜哥提议让窝棚旁那棵大枣树当媒人，两个人对着大枣树拜了三拜，又相互发誓说：“将来谁要变心，这大枣树可以作证。”

原以为荒野里也有好姻缘，可谁料老天偏不撮合，横祸偏降有情人。

只说蜜姐住大枣林里，终于让东家知道了。东家见蜜姐长得俊，立时起了歹心。这天，东家来到枣林，假惺惺地对蜜姐说：“我看你无家无业，就到我家帮工吧，我亏待不了你。”蜜姐怎知东家的歹心？还觉得挺好哩，就去了。

可是自从她进了东家大院之后，真像小鸟入了笼子，就再也甭想出来了。不管她怎么想念甜哥，也只能对着那深院高墙，在心里默默地叫几声。

枣林里的甜哥呢，自从蜜姐进了东家大院，觉得像掉了魂似的，慢慢地感到事情不妙。要进东家的宅院也进不去，连蜜姐的音信也听不见。他天天对着那棵大枣树说痴话：“大枣树啊，我和蜜姐可是给你下了跪，请你保了媒的，你可千万不能让她变了心哪！”

在东家大院，蜜姐可没变心。六十多岁的东家要娶她做小，让她拒绝了。在几次求娶不成的情况下，东家终于奸污了她。

蜜姐的身子被玷污了，同时蜜姐的心也死了。她想：别说不能出去，就是出去了，对甜哥我只能以死相报了。

这天，蜜姐先用一把剪刀剪了自己的一缕头发，偷偷交给一个给东家喂牲口的伙计，说："你千万给我送出去，交给甜哥，让他埋在那棵大枣树底下。"还没等那伙计明白过来，蜜姐就进了牛棚，一根麻绳上了吊。

单说那伙计将头发送到甜哥手里，甜哥一看便猜到发生了什么，当时就哭得死去活来，并照蜜姐的嘱咐把那头发深深地埋在了那棵大枣树下。

他是三天一小哭，五天一大哭，泪干了，攒足了还是哭。从冬哭到春，又从夏哭到秋，那滴滴泪水，滴在树下，又渗进土里。

奇怪的事儿发生了：到了来年，人们发现那棵大枣树上结出的枣，不只比往年稠密，还肉肥个儿大。再一尝，啊，竟比别的树上的枣甜得多。掰开来，还连起了那么些头发丝样的金丝丝。

人们都说：那金丝丝是蜜姐的头发变的；那甜味儿，是甜哥的眼泪滋润的。从那时开始吧，经过了这若干若干年的栽植，这金丝枣就传了下来。

蜜姐是死了，那个甜哥以后怎样了呢？有人说，从那往后枣林里再没见到他。

讲述者：张连森　男　49岁　农民
采录者：孟庆华　男　乐陵县文化局干部　中专
采录时间：1987年4月
采录地点：乐陵县城关

佛 桃

肥城桃又名佛桃，个儿大、核小，质甜如蜜，熟透像灯笼似的，戳破皮儿，插个细管就能把整个桃汁喝光。它的来由，有一段传说。

相传古时候，皇帝下令大规模地从山西往山东迁民。在迁民行列中，有家姓郭的携妻带小来到山东境内。这姓郭的叫郭三畏，善于看风水。他看中了现在的桃园镇一带，这里前面有雪花山，金线河河水自东向西，在这里拐了弯向南流去。这里依山傍水，他觉得是块福地，便把这里作为自己的建村安身之地。

郭三畏一家来到这里后，年年风调雨顺，五谷丰登。一年中秋节夜晚，正当人们吃酒赏月的时候，突然霞光满天，一座精致的小佛庙从空中落到了村子中央。人们争相跑来观看，只见佛堂中央并排着一溜金光闪闪的铜佛。它们笑容可掬，体态各异，由高到矮依次排列。人们细心一数，共有九十九尊铜佛。庙前有一眼水井，水井旁有一棵枝叶茂盛、硕果累累的大桃树。那桃子个头特别大，老远就能闻到清香气味。到了第二天，村子上空飞满了嗡嗡嘤嘤的蜜蜂，庄里庄外的树枝上挂满了蜜蜂窝。人们数了数，刚好九十九窝。再看那棵桃树的时候，发现树中央有一个个头最大、颜色最艳的桃子。摘下来一看，桃子大如碗口，桃子上红黄交织的颜色呈现出一个“佛”字。

昼夜之间，突然出现了九十九尊铜佛、九十九窝蜜蜂和这神奇的桃树，村里人认为，这是佛祖降福于村民。于是，他们取村名为佛凤（蜂）庄，取桃名为佛桃。此后，百姓们都取这佛桃树的枝条做接穗，接在当地的毛桃树上，佛桃很快在这一带生长繁衍开来。如今已成为百亩桃园。

讲述者：郭长英　肥城县桃园镇居民
采录者：张秋益　阴元良　肥城县文化馆干部
采录时间：1988 年春
采录地点：肥城县佛庄村

阿胶的来历

很早以前有个村叫张家湾，张家湾有个张老汉。张老汉性情淳朴，为人憨厚。别看张老汉憨厚老实，可他很会做买卖，长年跑山西经商，每次回家都是满担银两。村上的人们见张老汉如此发财，都想沾他点光，找个借口就想从张老汉腰里解下一串银钱。张老汉则从不吝啬，慷慨大方，大有仁人君子的风度。

这一年，张老汉又到山西经商，又发了大财。谁知在回家的路上遭了强盗，身上银两被抢光，好在保住了一条小命。张老汉身无分文，离家遥远，叫天天不应，呼地地不灵，没想到跑了大半辈子买卖，行了大半辈子善，儿女没积一个，到头来落了这么个下场。他感到走投无路，无颜再见山东父老，于是爬上高高的太行山，想跳涧寻短。就在这时，有个慈眉善目的老妈妈骑着一头小毛驴，来到张老汉身旁。老妈妈对他说：“善良的人啊，要经得住虎狼之难，你不要跳涧寻短，我送给你一样东西，它可以使你解除忧烦。千万记住，什么时候都要积德行善。”说罢，老妈妈把小毛驴送给了他。张老汉跪谢老妈妈搭救之恩。一眨眼，老妈妈不见了。张老汉恍然大悟，这大概是大慈大悲的菩萨娘娘吧？于是，他对着空中拜了三拜。再看那头小黑驴，油黑瓦亮，犹如披着一匹锦缎，找不出一根杂毛，好一头世间难得的宝驴。张老汉越看越喜爱，他忘记了饥饿，忘记了天黑，忘记了遭强盗寻短见，牵着毛驴一步一步走下太行山，回到阔别一年的张家湾。

张家湾附近有座狮耳山，狮耳山上的狮耳草绿茵茵、肥生生，山下有条狼溪河，狼溪河弯曲曲、水潺潺，一年四季流不断。

张老汉自从回到家，再也没有心思去山西经商了，把全部心思用在饲养小毛驴上。每天他都早早爬上狮耳山，为小毛驴割一筐又嫩又肥的狮耳草，然后到狼溪河边担一担清凌凌的狼溪水。自从小毛驴吃了狮耳山上的草，饮了狼溪河的水，越发的壮实可爱。张老汉常常用刷子为小毛驴梳洗鬃毛。小毛驴也颇通人性，每当为它梳洗时，它就撒娇似的偎依在张老汉的怀里，那个恣劲儿就甭提了。

张老汉上无父母，下无儿女。早年曾娶过老婆，由于这一带普遍流行的一种难治的妇女病，早早下世去了。如今张老汉便与小毛驴相依为命。他每天精心饲养它，它也每天帮他拉磨驮柴。村上的人无不羡慕。因此，谁家有事，也都来借小毛驴去干些力所能及的活。就是刚过门的小媳妇走娘家，也要骑它一骑。天长日久，小毛驴成了张家湾的一大荣耀，也成了张老汉生活中唯一的伴侣。

有一天，小毛驴突然不吃不喝，无精打采。张老汉着了慌。他爬到狮耳山悬崖峭壁上采来最肥嫩的药草让它吃，担来最清澈的狼溪河水让它饮，但小毛驴仍不吃不喝，好像有什么心事。张老汉直急得眼泪扑嗒扑嗒往下落。

三天过去了，小毛驴仍不见好转。张老汉心想，莫非是小毛驴贪嘴积住食了？他牵着它一步一步朝狮耳山走去，并围着山根转了一圈又一圈。当转到三圈半的时候，小毛驴突然开口说话了。“张大哥，我的寿数已尽，你甭再费心思了。我知道您是天下最善良最勤劳的人，待我死后，你把我的肉吃了，可以返老还童。你把我的皮剥下来，切成条儿，用山泉水泡一百天，再到西边取来阿井的水煮，再用桑木干柴烧七七四十九天，直到把水熬干，看到锅底有一层亮晶晶、黑莹莹的胶层为止。你把它切成若干块，分给那些患了妇女病和患了痨病的人，他们吃了，便会好的。”说罢，长鸣一声，仆倒尘埃。张老汉号啕大哭了一场。然后张老汉含泪把毛驴拖回家去，并遵照毛驴的嘱咐，吃了它的肉，果然返老还童了。接着他就把驴皮泡了，熬了，果真熬出亮晶晶、黑莹莹的胶，异香扑鼻。他把胶切成若干块，分别用丝绢包好，分送给那些患病的妇女和老人。那些妇女和老人吃了胶后，果真病都好了。

张老汉熬胶的事，一传十，十传百，最后传到皇帝耳朵里。因为皇太后也患了治愈不好的妇女病，皇帝下了一道诏书，叫张老汉带着胶进京服侍皇太后。张老汉知道圣命难违，便偷偷将所剩的驴胶留出一半，交给村上的一个最善良、最忠厚的乡亲，并对他说：“皇帝要我把全部驴胶带去服侍皇太后，我怕这种胶不会再为百姓治病了，冒着砍头的危险偷偷留出一半，放在你这儿，若哪家乡亲患了病，你可分一些给他。但千万记住，分文不取。”说罢，他揣上另一半驴胶，含泪告别了众乡亲，跟随钦差进了京。

果真不出张老汉所料，进京后，皇帝得知驴胶的神奇妙用，便把他留在后宫专门为皇家熬制驴皮胶，不让他再回张家湾了。好在张老汉多了心眼，留下的那一半驴胶仍在家乡一带治愈着千家万户的病人。因这种驴皮胶是用阿井的水熬制而成的，后人便称之为阿胶。至今，阿胶仍被人们奉为上等补品。

讲述者：谷　人　男　69岁　退休干部
采录者：刘玉新　男　32岁　东阿县文化局干部
采录时间：1989年11月
采录地点：东阿城

阿胶与阿胶井

相传，炎帝神农除教民稼穑播种五谷外，还口尝百草，为民采药治病。一天，他翻山越岭，来到一座土山下，见有一种羽状复叶、开黄色花朵的阿魏草，便拔起一棵，口嚼根茎，其汁乳状，味苦，方知有通经祛疾之药

性，便采集起来。正当他口干舌燥时，忽见地下有一清泉，一尝，顿感甜润可口，浑身清爽。于是，他招人在此掘了一眼巨口深井。因井周围长满了阿魏草，所以命名为“阿井”。后来，井旁居住的人越聚越多，耕种狩猎，繁衍生息，便形成了村庄。

可是，不知过了多久，西边山林里忽然来了一个黑大汉，夜间常常来村里糟蹋妇女，闹得人们惶惶不可终日。有一天夜里，黑大汉又来了。在明亮的月光下，他看见阿井边有一位如花似玉的美女，便欲向前抢掠。那女子转身一闪躲过，笑了笑说：“黑大汉休得鲁莽，深夜进村，拉扯小女何意?”黑大汉见这美女柔情相问，忙道：“俺在林中吃住甚佳，只是夜间甚感寂寞，要请大姐作陪玩耍。”女子道：“要俺作陪倒也可以，只是俺体弱难行，如若相背而行，便可前往。”黑大汉一听这美女情愿入林作陪，哪有不背之理！他高兴地把腰一弓，喊道：“快上来吧！”女子身轻如燕，跨了上去。黑大汉背起美女，便飞也似的往山林跑去。可是越跑越觉得背上沉重，后来竟累得气喘吁吁，迈步艰难了。他奇怪地回头一瞧，啊！美女竟然变成了一条蛟龙盘在他的背上，顿时吓得魂飞天外。原来这井泉能健体治病被龙王所知，龙王为了让体弱的幼子健身养神，来此井暂住。这小龙来后，闻知黑大汉常扰百姓，所以今夜扮成美女诱惑，惩罚黑汉。小龙趁黑大汉回首惊恐之际，张开巨口，一下咬住了他的咽喉。黑大汉疼痛难忍，挣脱不开，就地一滚，便现出大黑驴的原形。蛟龙怕

被黑驴压在身下，刚一松口，大黑驴嘶叫了一声，挺身立起，尥起蹶子，拼命逃去。这蛟龙哪肯放他，四爪一挺，腾空而起，巨口喷出水柱射向黑驴。黑驴在水中不辨方向，正闭眼叫苦，蛟龙伸出利爪，将黑驴抓起，升到半空，将其摔下地来。只听“扑通”一声，黑驴鼻口出血，再也动弹不得。

第二天一早，村民们前来阿井取水，见不远处躺着一头口鼻出血的大黑驴，就把它抬回村里，扒下皮，把肉分给众人，用阿井水煮熟吃了。不料，凡食肉喝汤的人，有病的渐渐痊愈，无病的身体愈加健壮。唯有一孕妇，因分娩未能吃到，产后流血不止，危在旦夕，她的丈夫岳明十分焦急。他见驴肉已吃净了，驴皮尚存，于是就割下一块，将毛刮去，从阿井提来一桶水，想用锅煮了吃。由于火猛，又煮得时间过长，驴皮竟被煮成了糊状的稠汤，稍一冷却又凝固成了褐色的胶块。岳明心想：既然驴肉有医病强身之效，这熬化了的驴皮冻，也会有些功效。于是便将驴皮冻儿让妻子吃了。数日之后，妻子气血回升，面色红润，竟体壮如初了。事情很快传了出去，有些体弱患病的人纷纷来讨驴皮胶冻食用，结果都痊愈复壮。岳明熬制的驴皮胶被讨吃光了，有人就用阿井水将别的黑驴皮熬成胶冻吃，虽然不及大黑驴皮熬成的胶冻好，但也很有效益。从此，人们用阿井水熬的黑驴皮胶成了一种滋阴润燥、止血养血的良药，取名叫“阿胶”，阿井也叫成了“阿胶井”。

阿胶名声大振，成了地方官府每年上送朝廷的贡品。传说唐朝李世民服用了贡品阿胶，食欲大增，气血充沛，甚赞奇效。他派尉迟恭专程来阿城镇监修阿胶井，将井修缮一新。

人们为了纪念此举，在井上盖了一座石亭，亭内立了一座石碑，碑上镌文："唐朝尉迟恭曾身为钦差大臣至此，重修阿胶井"。

今日，阿胶井上重建六角石亭，额题"济人救世"四个大字。

讲述并记录：刘振岱　男　46 岁　阳谷县文化局干部　中专
采录时间：1989 年
采录地点：阳谷城

苍山大蒜

苍山大蒜怪出名：个头大，皮儿紫；吃起来香喷喷，辣酥酥；若是砸成蒜泥儿，黏性特大——提着蒜锤就能粘起蒜臼子。每逢大蒜起薹时，山南海北都涌来买蒜。苍山大蒜为啥这么金贵呢？

传说，不知哪年哪代，苍山加河崖上有个穷孩子叫二小。他三岁丧了父，五岁失了母，后来一个种菜的老头收养了他，让二小做干儿子。那老头种菜是个好把式：天南的菜，地北的瓜，他都能够调理得出。老头不光会种菜，还吹得一手好笛儿：天堂的调，地狱的曲，他都能够吹得出。二小白天跟着干爹学种菜，夜晚学着吹笛儿。几年后，不论种菜和吹笛儿，二小都胜过了老头。二小长到十六七，干爹得病下了世，撇下二小一个人，理整着干爹留下的菜园子。

这一日，天上的玉皇大帝发脾气，砸了水晶碟子玛瑙碗，杀了三个御厨师。王母娘娘问他为啥发火，玉帝说："这几天我任吃啥嘴里全都没有味儿，分明是厨师成心跟我过不去！"王母娘娘笑着说："不是厨师手艺低，也不是他们成心捉弄你。都因你神珍仙肴吃腻了，要是弄些凡间的鲜菜让你尝尝，保准你会开胃口！"玉帝一听有道理，立时肚皮消了气，连声说："娘娘出的好主意！给我弄些凡间的时鲜菜，倒不如找个人间种菜的好把式，年年月月种出新鲜菜，让我吃个长远的！"

太白金星最会溜沟子，一听玉皇这么说，急忙上前献主意："启奏玉皇爷，想找个凡间种菜的把式那还不容易！苍山县加河崖上有个穷小子叫二小，他种的那些新鲜菜，天下没有压二的！"玉帝一听，忙令太白金星带上天兵天将下凡抓二小。太白金星立时带上人马驾云下了凡，闯进二小的菜园里，喝令二小快快带上菜种子，随他们到天上为玉帝种菜去。二小不敢说不去，慌忙带上菜种子，腰里别上小竹笛，跟随太白金星上了天。

二小来到灵霄殿，玉皇大帝对他说："我后宫墙外有块空闲地，你到那里给我种菜去。种得好了我有赏；种不好，我让阎王把你打进地狱里！太白金星，你领他去认认地方，回头来我赏你仙官升三级！"太白金星美滋滋地领了旨，拖着二小下了殿，来到一处闲场上。二小四处一打量，空场足有亩多地，当中央有间石头屋，石屋旁边有口井，井上安着大辘轳。空场前一片楼台殿阁矗在半空里，朱红的宫殿围得不透风丝儿。太白金星说："往后你就在这里安安稳稳把菜种，偷懒磨滑可不成！前面的楼台殿阁本是王母娘娘的歇息处，伺候她的那些仙娥个个俊得出奇，往后不准你仰起头来瞅那里。要是贼眉鼠眼的，玉帝知道剥你的皮！"二小一听怪来气，立时说："俺二小不是下作人！"太白金星听了放下心，迈着方步走远了。

二小生了半天气，末了来到石头屋。定眼看：干活的家什样样有，还有锅灶和粮食，靠山墙安着一张床，上面铺着一张小狗皮。二小生来闲不住，摸起镢头离开石头屋，跑到外边去刨地。小伙子把地翻了一遍，砸碎了坷垃打起畦，接着修好水沟儿，末了来到井台上，光着膀子摇辘轳。等到畦里灌满水，二小挨畦撒上各种菜种子。这光景，老天已经上黑影，小伙子累得腿痛胳膊酸，回到石屋睡觉去了。

石屋对面的楼阁里住着五六个天仙女，都是王母娘娘贴身使唤的。她们穿着一色的紫衣裳，扎着一样的大辫子，论模样，都是仙女之中拔尖的。仙娥们谁都没有大名儿，王母娘娘使唤她们时，按年岁大小称呼为“大辫儿”、“二辫儿”、“三辫儿”、“四辫儿”……

这一天，玉皇大帝单把王母娘娘叫了去，留下仙娥看房子。大辫儿打开后窗往下一打量：咦，下面啥时变了样——原先光秃秃的怪刺眼，如今一畦畦菜苗绿油油，好像织女织的那花格子布……大辫儿觉得奇怪，立时喊来姐妹观景致。众仙娥越看越爱看，这个说：“是谁手艺这么巧？把一片荒地种成一幅好画儿！”那个说：“仙官们个个懒得缩了筋，准是抓来牛郎出苦力！”……仙娥们嚷得正带劲，又看见石屋里走出个小伙子，年纪不过十六七，眉清目秀好人物。小伙子走到井台上，双手摇起大辘轳，好像在摇纺车……众仙娥看得正入迷，忽听有人上楼。大辫儿说：“姐妹们，快散开，八成是王母娘娘回来了！要是她知道咱们看窗外，谁都脱不了挨鞭子。”姐妹们赶紧关了窗户一边坐。不多会儿，王母娘娘走上来，她见仙娥们鸦雀无声待在楼阁里，心里觉得怪如意：“幸我平时管得严，丫头们在家才会这么老实，往后家法还要严，免得她们学了我那九个不争气的死妮子！”

自打那天瞧见二小和他的菜园子，仙娥们个个想念得不得了，有心往后窗下边看一看，王母娘娘凶神般地监视着，黑白不给你闪空儿。仙娥们个个恨得直咬牙根儿。

这一天半夜里，二小待在石头屋里睡不着，一心想着家里的事。小伙子想苍山，想加河，想他原先的菜园子，更想乡亲和邻居。二小实在想急了，拔腿走到井台上，坐下吹起了竹笛儿。笛声飘进楼阁里，仙娥们听了个个心里痒痒得不得了。大辫儿转眼一打量：可好了，王母娘娘挺在床上一个劲儿地打呼噜。大辫儿朝众位仙娥挤挤眼，然后轻轻打开后窗户，祥云一驾下去了。姐妹们见了不怠慢，紧跟着大辫儿春风似的飘进菜园里，悄悄来到井台上，坐在二小身后听他吹笛儿。笛声吹出二小思乡曲，仙娥们个个听得掉泪珠。等到了三星平了西，二小站起来要回去。他一眼看见众仙娥，惊得倒退了好几尺。二小躬身施礼说："眼下半夜三更的，姐姐们来到菜园有啥事？"众仙娥齐刷刷地站起来，大辫儿上前忙还礼："小哥哥，俺姐妹住在对面的楼阁里。您吹的笛儿真好听，俺姐妹特意前来听曲儿。不知小哥家住哪儿，为啥到这里种菜呢？"二小把自己的来历告诉了众仙娥，姐妹们听了直叹气："说起来，咱们的命是一般苦。人们都说天上好，谁知道咱们在这里受罪呢？"二小说："姐姐们回去吧！当心露水湿衣裳，身了着凉要招病的！"仙娥们听了心头一阵热，大辫儿说："多谢小哥关心俺。您有啥难处也告诉俺，俺姐妹一齐想法帮助你。"二小说："姐姐们的好心俺领了，眼下俺还过得去。"大辫儿说："咱们既是好邻居，往后可甭讲客气。姐妹们，咱们赶快回去吧，老妖婆也快睡醒一觉了！"众仙娥齐向二小招招手，驾着祥云回去了。

第二天，王母娘娘带着仙娥去看观世音。回来时，大辫儿假装崴了脚脖子，被王母骂得昏天又黑地，末了令她慢慢走回去。等王母她们头前走远了，大辫儿偷拔了一抱观音的红管草，然后磨磨蹭蹭赶回家。趁着王母睡觉了，大辫儿偷偷将姐妹们叫到一间小阁里，随后说："姐妹们，那二小种菜有多苦：日头晒，露水泡，刮风下雨更难熬。今儿个我偷了一抱红管草，咱姐妹们今夜结领大蓑衣，送给二小遮风雨。"姐妹们听了都乐意，一齐动手结蓑衣。众仙娥人奇俊，手奇巧，不多时一领蓑衣结好了，那蓑衣金星闪闪地直放光，真是天上难找的一件宝！大辫儿差小妹回去一察看：老王母还在呼呼睡大觉。这时候，二小又吹起了思乡曲，众仙娥一溜祥云飘来了。二小起身见了礼。大辫儿递上蓑衣说："二小哥，俺姐妹结了一领蓑衣，送给你穿着好种菜。"二小手捧蓑衣直掉泪，连声说："姐姐们待俺这么好，叫俺怎么报答呢？"仙娥们齐声道："小哥说得言重了，你帮我助是应该的！"二小谢过众仙娥，披上那领大蓑衣。霎时间，金光闪，银光耀，二小变得更标致。小伙子喜得抿不上嘴，竹笛声声奏喜调，先吹一曲《小桃红》，又吹一曲《闹元宵》，一直吹到三星落，这才送仙娥睡觉去。

这几天，王母娘娘心里犯猜疑，我使唤的这些死妮子，为啥都变得蔫头搭脑的？大辫儿不停地打哈欠，二辫儿站着打呼噜，三辫四辫好瞌睡，五辫六辫好迷糊……莫非她们夜里不睡觉，丫头们到底干啥去了？王母娘娘想好了，天不黑就钻进被窝里。大辫儿心里怪纳闷："老妖婆是个夜游神，平日时不到二更天不歇息。今日里她一无病，二不疲，为啥睡得这么早？莫非她看出什么破绽来，暗中对俺姐妹探信息？不管是真还是假，小心没有过火的！”大辫儿想了个好主意，走上前去问王母：“娘娘刚刚吃罢饭，接着睡觉伤身子。俺给您啦段呱儿，娘娘听着消消食，不知娘娘可愿意？”那王母生来就爱听闲篇，大辫儿的话儿刚落地，她把头点得像鸡啄米。大辫儿坐在床沿上，回过头来挤挤眼，姐妹们心里全明了底，围上前来凑趣儿。大辫儿东扯葫芦西拉瓢，老王母越听越入迷，听着听着打起盹儿，慢慢地迷迷糊糊睡着了。大辫儿笑着一挥手，众仙娥悄手蹑脚来到后窗下，一溜祥云飞出去。

天明时，王母娘娘要起床，招呼大辫儿前来给她穿衣裳，叫了半天不搭腔。王母娘娘一打量，大辫儿睡得正香呢！再一看，椅子上搭着她的紫罗衫，露水湿得透透的。老王母心里暗叫道：“这真是打雁的让雁啄了眼珠子，昨晚上我中了这些小蹄子的诡计了！要知道生姜还是老的辣，今儿晚上咱们等着瞧！”她把主意想好了，立时叫起众仙女，老王母装作若无其事，仙娥们心里一块石头也落了地。等到吃过早晨饭，王母娘娘把众仙娥支得远远的，自个儿倒身睡起大觉来。仙娥们忙了一天，回到楼阁里已到掌灯时刻了。

老王母早早躺到床上说：“昨晚上你们啦的那些呱儿真好听，今晚上再接着给我讲下去！”大辫儿她们正想哄她睡着之后再去找二小，一个个痛快地答应了。众仙娥扯葫芦拉秧一阵子，外面二小的笛声又响了。老王母是哑巴吃饺子心里早就有数儿，便躺在床上雷鸣般地打开了呼噜。大辫儿笑着招招手，仙娥们又从后窗飞走了。

众仙娥来到菜园里，又听二小吹竹笛。小伙子一支曲儿还没吹完，大辫儿说："姐妹们，我咋心惊肉跳的？"二辫儿说："那是露水湿衣着了凉，你别再疑神疑鬼的！"二小说："姐姐们，今晚天凉露水大，快躲进我这蓑衣里面听曲儿！"众仙娥一听透乐意，一齐钻进蓑衣里。二小第二支曲儿没吹完，老王母凶神般地跑来了，手指二小说："好你个凡间的穷小子，吹笛儿勾引我那些小蹄子。我问你：'你把她们藏到哪里去了？'"二小装憨卖傻说："禀王母，我吹笛儿解闷的，从来没见有谁来！"王母说："放你的屁！楼上后窗四敞大开的，丫头们不来这里上哪去？"二小说："俺在菜园怪想家，吹笛儿吹得直入迷，哪瞧见您楼上的事？"王母娘娘追问了大半天，二小就是不露底儿。末了王母发了怒，咬牙切齿对他说："抓你是为俺家种菜的，你想回去由不得你！我叫你变成一棵草，永世长在菜园里，免得你往后再勾引我使唤的那些死妮子！"王母娘娘说到这儿，手指二小念咒语："二小，二小，头上长草！"老妖婆咒语刚落地，二小真的变成一棵仙草了。那仙草翠绿的叶儿，直薹儿，圆鼓轮墩的粗根儿。老王母见了怪心奇，掐指一算明白了，立时跺脚直叫苦："原来那些妮子躲进二小的蓑衣里，如今后悔也晚了。少几个丫头不算啥，少了二小往后谁给玉帝种菜吃？老头子要是知道了，准来跟我发脾气！”老王母站在那里瞎嘟嘟，玉皇大帝来到了。这老家伙前几天吃了二小种的黄瓜怪鲜口，今晚上睡不着觉跑来找瓜吃，不想遇上王母了。玉帝说：“三更半夜你不睡觉，跑到菜园干啥呢？”一句话问得王母心里直打怵，嘴巴张成了螃蟹窟。玉帝一眼看见那棵草，接二连三问王母：“你眼前是棵什么菜？我咋没有见过呢？”王母心里急成了热黏粥，末了长叹一声说：“算了，算了，别问啦！”玉皇大帝耳朵背，听成了：“算呀，算呀，算呀！”玉帝咧着大嘴说：“原来它叫大算呀！这棵仙草真稀奇，菜园里它算拔尖了！”老玉帝这么一说不要紧，二小和仙娥变的那棵草，从此便叫“大算”了。那算头一块一块的，便是仙娥变成的。因为她们的名字叫“辫”儿，那算块就叫算“辫”了。古辈流传到如今，“大算”叫成“大蒜”了，那“算辫”也叫成“蒜瓣”了。

玉皇大帝追问二小哪去了，王母娘娘撒谎说：“那小子又跑回人间了，老头子你快派天兵天将抓他去！”玉帝急忙跑回灵霄殿去传旨。老王母怕他回来闹饥荒，急忙拔起二小变的那棵草，使劲扔下漫天云，正好落到二小原先的菜园里。从此后，人间便有大蒜了。

高唐贡饼

元朝年间，江淮一带连年大旱，河干井枯，赤地千里，百姓生活无望，纷纷迁逃外乡，寻求生路。朱家庄西头有户姓朱的人家，老母王氏已年近半百，儿子刚满十四岁，乳名重八。娘儿俩穷困潦倒，冒着三九严寒，也逃往外乡。一日，母子两个来到高唐州的东关，天色已晚。由于这日风雪交加，地冻天寒，娘儿俩一日没讨到饭食，小重八又路染疾病，行路艰难，便想沿街寻个安身之处。这时沿街门户多已关闭，只有一处小店尚有灯火。母子二人上前求助道："大爷大娘，能行行方便吗？"

店中闻声走出一位六十来岁的女主人，向他母子打量了一下，说："天色已晚，小店已灭灶停业，请到别处用饭吧。"说完，就要转身关门。

王氏忙道："老人家，俺是外乡人，路过此地，风雪交加，举目无亲，实在无处安身，求您借住一宿。"

女主人见这母子二人衣服破烂，一个年老体弱，另一个面黄肌瘦，在风雪中只冻得浑身发抖，便生了怜悯之心，说道："念恁外乡来此，就进店来委屈一晚吧。"于是便把母子两个引到院内，安顿到东厢房里。女主人先拿些柴草让其取暖，又抱来一捆谷草铺地炕上，打发他们休息之后也回房睡觉去了。

店中的男主人原是一位私塾先生，后因年景不好，学馆关闭，为求生计，便和老伴在此开了一个卖罗汉饼的小吃店。这晚他正在灯下看书，听老伴召来两位外乡人借宿，并没在意；可临将睡时，东厢房里传来断断续续的泣哭之声，他不知出了何事，赶忙提着灯笼来到了东厢房。烛光下，他见王氏怀抱着瘦弱的孩儿，肩头颤动，泪水挂腮，便问道："大嫂，夜不安歇，为何悲伤呀？"

王氏一看，见男主人挑灯前来询问，知是哭声打扰了主人，赶忙起身赔礼道："老哥实在抱歉，俺一时觉得离乡艰难，不由得哭出声来，打扰您安歇了。"

店主人道："眼下我并未安歇，何谈打扰？你母子如有难言之苦，说与俺知，或许能帮你一二。"

王氏长叹一声，哭诉道："实不瞒老哥，俺家乡连年遭灾，地里籽粒未收，俺母子为逃活命，求乞来到这里。今日赶上了风雪天气，不但一日汤水未进，小儿又身染病疾，眼看性命难保，俺不由哭泣起来。"

这店主人是个热心肠，他听了王氏一番叙说，心想：这母子也着实艰难，眼下解其饥乃当务之急。他二话没说，走回房中，拿来两个罗汉饼和一壶开水，递给王氏说："今晚先暂挡一时，明日再想法儿。"

小重八伸手接过一个罗汉饼，狼吞虎咽地吃光了。他感到这罗汉饼味道真是天下难找，如果放开肚皮，别看身上有病，也能吃上十个八个。母子吃了饼，喝了水，虽然未饱，但心里已安稳了许多。王氏谢过了主人，便各自安歇了。

第二天一早，店主人冒着风雪寻来郎中，为小重八看了病，吃了药，让他母子在店里一连住了几天。待重八病好以后，天气放晴，老夫妇又送给王氏母子几个罗汉饼，才让他们上了路。小重八想着几日来店主人对他母子的火热心肠，望着手中的罗汉饼，心里一阵滚热，不禁流下泪来。

小重八母子在外乡一直流落数年，在他十七岁时，母亲因年迈饥饿患病死去。重八挥泪埋葬了母亲，无处相投，便到皇觉寺出家为僧了。可是他受不了佛门的清规戒律，几年后又逃出寺院，回到豪州家乡，投奔了郭子兴的抗元义军，并起了大号叫朱元璋。在多年的征战中，由于他英勇善战，渐渐升为义军领袖。后来，他推翻了元朝登基做了皇帝，定都应天（今南京），国号大明。

谁料，这个出身贫寒的朱元璋，当了皇帝不久竟忘了过去所受的苦难，也忘了他受苦讨饭之际曾经挽救过他的四乡百姓，却整日过起花天酒地的奢侈生活。每日里山珍海味，吃腻了，又降旨让各府州县保送本地高厨明师进京城献艺，供其品尝享用。一时间，数不清的厨师汇集京城，为皇上各献绝技，希望能得到皇上的赏赐和奖励。可吃腻了口的朱元璋，对这些南北驰名的佳肴很少有满意的。这些献技的名厨，不是被斥责，就是遭毒打，有的因倒了皇上的胃口被送进了监狱。有些保送的州府官员也因此受到了连累。高唐州的州官，因迟迟未送名厨进京已受过训责，为了保住乌纱，只得亲自出马寻找了。这天，他来到高唐东关，见一群人争着购买罗汉饼，心想这东西味道一定不坏。他吩咐差役取来一个一尝，酥香可口，倒别有一番风味，心想：皇上山珍海味吃腻了口，兴许这东西能对其口味儿，于是忙吩咐听差说："做罗汉饼的当先，快快让他停业，准备进京。"

店主人不敢违令，连夜做了进京服饰，便跟随保送官差上了路。他们晓行夜宿，不几日便来到了京城，向御膳房官员作了禀告，等了几日就轮到向皇上献技了。这天一早，店主人精心制作了几个罗汉饼，让太监送进宫。朱元璋来到御膳房一看，桌案上没有七八碗的珍奇佳肴，盘子里只孤零零的摆着几个烧饼，顿时勃然大怒："我是当朝的天子，能吃这粗食糙饼？传旨，把做饭之人带来见我！"长随官哪敢怠慢，一刹便把店主人带来，跪在朱元璋面前。

朱元璋怒气冲冲地问道："这粗食糙饼是你做的吗？"

店主人答："正是小人。"

朱元璋道："你竟敢用此粗食糙饼戏弄我，该当何罪！"

店主人道："这罗汉饼乃我高唐州名吃，每日百姓争相购买，无不赞美；今日小人精心制作，敬献御餐，怎么说是小人戏弄皇上？"

朱元璋拍案大怒道："好你乡野小民，竟敢狡辩，来呀，给我掌嘴！"

两个侍卫说了声"遵旨"，便一个上来抓住店主人的头发，让其仰起面来，另一个就向他打嘴巴子。正在这时，店主人看见朱元璋面貌，不由心中一怔，禁不住说道："哎呀！你不是重八吗？"朱元璋一听喊重八，也不禁一怔，心想，我这小名除了母亲和家乡人知晓，朝内无人得知，此人怎么知道？一定有来由，赶忙阻止道："住手！我来问你，你怎知我的幼年名字？"店主人道："皇上，难道你忘了吗？那一年风雪之夜，你与你母亲留宿高唐州我家小店，你病饿交加，我给你罗汉饼充饥，又助你治好了疾病……”

朱元璋一听，猛然想起了这段往事，心想，哎呀呀，我差点做了一件大错事，忙起身向前，亲手搀起店主人道：“恩人快请起，多怪朕粗心，方才对您实在无礼，望请恩人恕罪！”店主人站起来，见朱元璋未忘旧义，胆子也更大了，接着说道：“这罗汉饼往日你吃得那样香甜，今日为何视做糙饼了呢？”

朱元璋面带愧容地说道：“朕自登基以来，山珍海味吃多了，因而就把往日之事忘却了。”

店主人道：“你自幼出身贫寒，流浪乞讨，若没有天下百姓的接济，你怎有今日？现在天下百姓几经战乱，又遭天灾匪祸，虽已改朝换代，但仍未振业生息；你既为一国之主，理应处处为民勤政兴国，如若终日沉于花天酒地，为食美味而牵动全国州府，汇集天下厨师，这样下去怎能得到百姓拥护？江山怎能坐得长久呢？”

朱元璋听了这一席话，虽然感到有些刺耳，但细细想来却觉得很有道理，于是说道：“恩人由衷之言，喻我惑迷之心，今日我定以这罗汉饼为始，更前所为，发奋勤政，兴国立业，决不负天下百姓。”

店主人听了，心中十分高兴，说：“皇上如此纳言，百姓也就放心了。”

朱元璋又说：“过去承您相救，恩重难忘，今日您老又忠言相喻，可谓情重如山，不知您老愿在朝为官，还是让腾为您养老终年?”

店主人道:“皇上,小人过去相助于你和今日坦诚之言,全系俺平民之本分,绝无名利之欲求。如果皇上能把小民之罗汉饼食之如初,我就心满意足了。”

朱元璋听了,更感店主人品德高尚,语重心长,于是说道:“为使恩人之语永记不忘,烦您经常送些饼给我,不知可否?”

店主人道:“皇上有此心意,小民当乐于奉献。”

朱元璋随即在一块黄绢之上,挥笔写下“高唐贡饼”四个大字,交给店主人。

店主人回到家中,因有皇上御笔亲封,高唐罗汉饼不但成了常年贡品,也很快成了闻名天下的名吃。从此,买罗汉饼的人整日门庭若市,买卖甚是兴隆。这制作罗汉饼的手艺也一代传一代,至今在高唐还可吃到这正宗佳品。